溺愛《できあい》陛下《へいか》と身代《みが》わり王子《おうじ》の初恋《はつこい》

名倉和希《なくらわき》

ILLUSTRATION：北沢《きたざわ》きょう

溺愛陛下と身代わり王子の初恋

LYNX ROMANCE

CONTENTS

溺愛陛下と身代わり王子の初恋

自動ドアが開くと同時に、陽気なリズムの電子音が店内に鳴り響く。

「いらっしゃいませー」

心のこもっていないマニュアル通りの声を口から出しながら、桑原大和《くわはらやまと》は整理していた商品棚から顔を上げた。仕事途中らしいスーツ姿の中年男がタバコを買いにきたので、大和は商品棚から離れ、レジに入った。つぎに初老の女性が宅配便を持ちこんでくる。それらを慣れた手つきで処理していると、バックヤードから店長が出てきたことに気付いた。

「桑原君、僕がレジをするよ。もうすぐ荷が届くから、そっちを頼めるかな」

「わかりました」

ちょうどトラックが目の前の交差点で信号待ちをしているのを見つけた。あれだ。

駐車場に出ようとして自動ドアのガラスに映る自分が目に入る。秋が深くなり、日が短くなってきたせいで、もう外は薄暗い。鏡のようになったガラスに映る姿に、ついため息がこぼれた。

(あと十センチ、いや、せめて五センチ欲しかった)

これればかりは本人の意思ではどうにもならない。きっと父親が小柄だったのだろう。会ったことがないから知らないが。二年前に交通事故で亡くなった母も、そんなに大きい方ではなかった。

『あんたの取り柄は、整った顔だけかもね』

酔っぱらった母に、よく言われた。たしかに目鼻立ちは整っている方だろう。だが成績は中の上、運動が特別良くできたわけでもなく、コミュニケーション能力も低い息子にいろいろと不満があったようだ。

そういう母も、取り柄は顔だけだった。中卒で、夜の店でしか働いたことがなく、男をとっかえひっかえしては修羅場になり、碌《ろく》に育児もせず、最後は酔っ払ってふらふらと車道を歩いているところを轢《ひ》かれて死んだ。まだ十六歳だった大和をひとり遺《のこ》して。

それ以来、大和はひとりで暮らしている。高校は中退した。単純に生活費を稼がなくてはならなくなったからだ。とりあえず雇ってくれたコンビニで働きはじめて、もう二年になる。最低限の生活はできているがギリギリで、貯金などない。

華やかで、裕福な生活に憧れがあった。住んでいるのは母と暮らした、昭和の遺物のようなぼろぼろの安アパート。老朽化を理由にいつ取り壊しの知らせが来るか、わからない。追い出されても、大和には新しいアパートに移り住むだけの貯《たくわ》えがなかった。もっと稼げる仕事をしたいと思うが、高校中退でなんの資格も持っていない。大和が持っているのは、自分自身だけだ。

取り柄は顔だけ。だったら、この顔を活《い》かせないかと、一年前にバイト仲間に紹介してもらって劇団に所属した。演劇の世界はいい。現実でどれだけ生い立ちが悲惨でも学歴がなくても、役になり切ることによって何者にもなれる可能性がある。いつか舞台の上でスポットライトを浴びたい。たくさんの人に称賛されて、拍手をもらいたい。そして、君がいなければこの舞台は成立しなかったと、みんなに言ってもらいたい——。

大和は、発声練習に真面目に取り組んだし、先輩劇団員の使い走りもした。すくない小遣いから演劇に関する書籍を購入して勉強した。小説もたくさん読んだ。理解できない言葉が出てきたときのために、辞書も買った。

だが、一年たっても大和にチャンスは巡ってきていなかった。背が低いから舞台の上では見栄えがしないのかもしれない。コネもツテもないから大和に配役しても劇団にはひとつもメリットがないのかもしれない。でも入団させたときに、劇団側はそんなことわかっていたはずだ。

つい先日、定期公演の配役が発表された。大和の名はなかった。またもや裏方の小道具係。

自分は単なる裏方要員として入団を許されただけなのかもしれない――と、思いはじめている。

「こんにちは」

トラックのドライバーに声をかけ、大和は荷台から弁当やパンを下ろすのを手伝った。ドライバーに「ご苦労さまでした」と軽く頭を下げたところ、「おまえさ」と話しかけられた。珍しいことだ。

「車の免許、持ってないか？」

「持っていません。ついこのあいだ、十八歳になったばかりで」

「そうか」

コンビニのロゴが入ったキャップを被《かぶ》った男は、四十歳くらいだ。ちょっと考えるような間を置いてから、「免許取れよ」と口を開く。

「えっ？」

「おまえ、フリーターなんだろ。コンビニのバイトなんて、たいして稼げない。免許取って、配送業界に来い。人手不足で、免許さえ持っていれば学歴なんて問わないから」

どうやらスカウトらしい。どこもかしこも人手不足らしいのは、大和だって知っている。現にこのコンビニだって人手不足だ。

「でもトラックって、大型の免許が必要なんじゃ……」

「普通免許でも一・五トンまでなら運転できる。二トン以上は、準中型なら四・五トン未満になるけど十八で取れるから、まずはそこからな」

思ってもいなかった話に驚いてしまい、大和は「はぁ…」と気が抜けた相槌《あいづち》しか打てない。

「おまえ、真面目そうだから、俺が正社員に推薦してやってもいい。いつまでもコンビニでバイトしてちゃ、好きな女ができたときに結婚もできないぞ」

大和を和ませようとしてか、ドライバーがニッと笑った。

「考えておけよ。じゃあな」

ドライバーは運転席に乗ると、窓越しに手を振ってトラックを駐車場から出し、走り去っていった。

店内に戻ると、店長がささと小走りに寄ってくる。

「なにを話していたんだ？」

「なに…って、その……たいした話じゃないです」

「まさか、転職を勧められていたんじゃないだろうね」

当たっていたのでびっくりしてしまい、大和は口ごもってしまった。店長は渋い顔になり、「辞めないでよ」と縋《すが》りつくように大和の腕をぎゅっと握った。

「桑原君にいま辞められたら、空いたシフトを全部ぼくが埋めなきゃならなくなる。無理だから、それ無理だから」

まだ辞める気はないが、かといって、ずっとここで働き続けるつもりもない。そろそろどうにか生活を変えなければいけないのは、自分でもわかっている。

「あの、もう上がってもいいですか」

大和は店長の手を振りほどいた。ひとつ息をついて壁にかかっている時計を見上げる。勤務時間が終わっていた。届いたばかりの荷を店長ひとりに任せてしまうのは申し訳なかったが、どうにも苛《いら》ついてしまい、とっとと帰ることにする。

「桑原君、明日もよろしくね」

店長に見送られてコンビニを出る。苛々して大声でわめきたくなったが、ぐっと我慢した。

必要としてもらいたい劇団ではまったく求められなくて、どうでもいいところでは必要とされる現実。

大和は俳優になりたいのであって、コンビニ店員にもトラックドライバーにもなりたいわけではない。

正社員になって安定した収入を得て結婚したいと思ったこともない。そもそも大和には結婚願望がない。奔放な母を見て育ったせいだろうか、性的なことに嫌悪感があるし、人を好きになったことがなかった。恋愛の行きつく先にはセックスがある。思春期以降、女だけでなく男からも誘いはあったが、そのすべてを拒絶してきた。性別は関係ない。大和にとって女も男もおなじだ。セックスという行為自体が、忌避すべきものだった。潔癖だと笑われたこともあったが、大和は挑発に乗ることもなく、だれにも体を許さずに十八歳になった。

コンビニを出た大和は、電車を乗り継いで劇団の練習場に向かった。シフトに入っていないときは、できるだけ劇団に行くようにしている。熱心に通うことがアピールになるだろうし、定期公演の日程が決まったので裏方の仕事がある。今回も役をもらえなかったが、大和は諦めていなかった。

「おはようございます」

控えめな挨拶で練習場に顔を出した大和は、劇団主宰者の麻木《あさき》にいきなり声をかけられた。

「たしか、桑原大和、だったな。いくつだ？」

「十八です」

そうか、と優しく微笑《ほほえ》みかけられ、大和は舞い上がりそうになった。

麻木はテレビドラマや映画にときどき出演しているベテラン俳優で、今回は演出をする予定だ。長く業界にいるが演劇関係の受賞経験はなく、最近は露出も減った下り坂の俳優だと言われている。それでも俳優志望の若者からしたら雲の上の存在だ。名前を憶《おぼ》えてくれていただけでも嬉《うれ》しいのに、笑顔を向けてくれるなんて。明るい未来が見えたようだった。

「君にちょっと話があるんだ。執務室に来てくれないか？」

上階にある執務室は、劇団の幹部しか入室を許されない場所だ。もちろん大和は一歩も足を踏み入れたことはない。目を丸くしながらも「はい」と頷《うなず》いた。

エレベーターがない古いビルなので、麻木について階段を上がっていく。通路にも階段にも、古びた段ボールが積まれていた。中身はいままでの公演に使用した衣装や小道具だ。

緊張しながら執務室に入ると、そこには初対面の中年の女がいた。四十代だろうか。もしかしたら五十歳くらいいっているかもしれない。きれいにメイクした顔は、年齢をわからなくさせていた。若干ふくよかな体に薄いピンク色のスーツをまとい、大和に艶然と微笑んでいる。なぜだか背筋がゾッとした。

「桑原君、紹介しよう。この方は全国にエステティックサロンを展開している会社のトップで、早川《はやかわ》さん。わが劇団の大口スポンサーでもある」

「はじめまして、早川です。桑原君っていうの？　可愛《かわい》いわね」

「は、はじめまして……」

反射的に頭を下げながら、大和はもうこの部屋から出たくてたまらなくなっていた。この女は気持ち悪い。本能の部分でそう感じた。

「今日はもう裏方の仕事はいいから、この早川さんと食事にでも行っておいで」

「えっ……」

「君は運がいいよ。早川さんはちらっと見かけただけの君が気に入ったそうだ」

「なにが食べたいの？　やっぱり男の子はステーキか焼肉かしら？　鉄板焼きなんてどう？」

嫌な予感しかしない。かつて母の知人たちに面白半分に迫られていたから、そういうときに女がどんな空気を醸し出すのか知っていた。

「いえ、あの、俺は、まだ仕事があるし、その……」

「それとも回らないお寿司がいいかしら？　未成年だからお酒はダメなのよね」

「腹減ってないんで、遠慮します」

「あら、こんなおばさんとは食事に行けないって言うの？」

早川の目付きが剣呑《けんのん》になった。麻木が慌てたように、「ちょっと待っていてください」と大和の腕を摑《つか》む。引きずられるようにして廊下に連れ出された。壁に体を押しつけられ、耳元で麻木が恫喝《どうかつ》してくる。

「おい、空気読めよ。あの女の機嫌を損ねると、うちはすぐに金に困るんだぞ。美味《うま》い飯を食わせてもらって、顔とか胸のデカさとか褒めて、エステの社長なんてすごいですねとか、適当に言っていい気分にさせろ」

「そんなこと、俺には無理です」

「無理じゃねぇ。やるんだよ。ベッドに誘われたら、そのままついていけ。あの女は若い男が好きなんだ。あれでもアラカンなんだぜ」

あの女の肉体に触れなければならないと想像しただけで血の気が引く。

「嫌です。できません」

「おまえ、童貞か？　だったら正直にそう言って教えてもらえ。あの女、喜んで指南してくれるぞ」

「本当に無理です。俺には、できません。他の奴《やつ》に頼んでくださいっ」

麻木から離れようとしたがすごい力で押さえつけられて動けない。

「俺の言うことが聞けないのか。役が欲しいんだろ。言うことが聞けたら役をやってもいいぞ。ご褒美をくれてやる」

いやらしく耳に囁《ささや》かれ、大和は一瞬だけ逡巡《しゅんじゅん》してしまった。だがすぐに、やはり無理だと思い直す。絶対に勃《た》たないだろうし、最悪、あの女と二人きりになっただけで吐くかもしれない。

「できません！」

「俺に逆らったらこの業界じゃやっていけないぞ。それでもいいのか。一生、日の当たらない場所で生きていくつもりか！　この根性ナシが！」

「根性ナシでいいです。離してください」

「俺の言うことを聞け！」

「嫌です！」

大和は渾身《こんしん》の力で麻木を突き飛ばした。置かれていた段ボールに麻木は足を取られる。あっと思ったときには、麻木の体は階段を転げ落ちていた。ものすごい音をたてて落ちた麻木は、下でぐったりと動かなくなる。

「どうした？」

「なにか落ちたのか？」

劇団員たちがざわざわと階段に集まってきて、倒れている麻木を見つけた。そして上にいる大和に気付く。この構図は、どう見ても大和が麻木を突き落としたものだ。事実、大和は麻木から逃れるために突き飛ばした。もちろん階段の上から落とすつもりはなかったが。

「痛ぇ……」

麻木が呻《うめ》きながら動いた。死んではいなかったようでホッとしたのもつかの間、すごい目で大和を睨《にら》み上げてくる。

「おい、おまえ、そこを動くなよ！」

指を突きつけられ、大和は恐怖に震えた。絶対に責任を追及される。金なんか持っていないのを知っているはずだから、体で返せ、早川と寝ろと言われるに決まっている。

大和は身を翻した。

「おい、逃げるな！」

麻木の怒鳴り声を無視して、大和はビルの外側についている非常階段で逃げた。

何度も背後を振り返りながら走ったが、だれも追いかけてこない。

だが、大和に安全な逃げ場などない。結局、自宅アパートに帰り着いた。いまにも壊れそうなボロアパートだが、その外観を目にしてホッとする。階段をのぼろうとして、はたと気付いた。

鍵がない。デイパックとともに、練習場のロッカーの中だ……。

大和はがくりと項垂《うなだ》れ、階段の途中に座りこんだ。

アパートの大家は近くに住んでいない。連絡すれば対応してくれるかもしれないが、携帯電話もロッカーの中だ。

〈俺には、どこにも行くところがない……だれにも頼れないし……だれも、俺のことなんか……〉

きっと明日には麻木の使いの者が大和を探しにくるだろう。麻木の言う通り、大和はもうこの業界でやっていけない。せっかく見た夢だが、もう――。

じわりと視界が潤む。母親が亡くなってから二年、ずっと張り詰めていた糸がぷつんと切れたようだった。辛《つら》いと思っても、寂しさを感じても、泣いたことなどなかったのに、いま涙が溢《あふ》れてくる。

〈もう嫌だ。もう無理。俺、もう頑張《がんば》れないよ……〉

俯《うつむ》くと、コンクリートの階段にぽつんと涙が落ちた。

〈もう消えたい……どこか遠くへ……だれも知らないところへ行っちゃいたい……〉

心から、そう願った。

そのとき。

「…………ん？」

だれかに呼ばれたような気がして顔を上げた。劇団員に見つかったのかと周囲の様子を窺《うかが》ったが、だれもいない。気のせいか、と涙で濡れた顔を手で拭っていると、また呼ばれた。

〈君だ！〉

気のせいじゃない。

〈君だ！　君しかいない！〉

周囲に人はいないのに、なぜだか大音量で頭の中に声が響いた。聞いたことがない男の声は頭痛がするほど大きくて、大和は思わず両手で頭を抱えようとして――右手が宙で止まった。いや、だれかに摑まれていて、動かせなかった。

「えっ？」

なにもない空間からにょっきりと腕が飛び出していて、大和の右手首を握っていたのだ。皺《しわ》だらけの年寄りじみた手だった。とんでもなく奇妙な光景に、驚きすぎて声も出ない。

「えっ、え……っ…！」

ものすごい力で引っ張られ、とっさに抵抗する。だが踏ん張っても引く力は緩まらない。

「うわぁ！」

ぐんっ、と前へと体が落ちた。

つぎの瞬間、大和は見知らぬ場所に立っていた。

目の前にはカーキ色のマントのフードを被った白髭《ひげ》の老人がひとり。皺の寄った手が、大和の右腕を摑んでいる。老人の瞳は薄い茶色で、顔は彫りが深い。あきらかに日本人の顔立ちではなかった。目線は十センチほど高く、じっと見下ろされ、大和は啞《あ》然《ぜん》と見つめ返すことしかできない。

老人がニッと笑って、黄ばんだ歯が露《あらわ》になった。摑んでいた大和の手を高々と上げる。

「陛下、成功しましたぞ！」

はっきりとした日本語を喋《しゃべ》ったことに、大和はギョッとした。周囲から「おおっ」と声が上がり、複数人に取り囲まれていることに気付く。視線を巡らせると、長身の男たちがアラブ？　っぽい衣装を身につけて、壁際に並んでいた。四人ほどいるだろうか。

「……は？」

なにが？　成功？

　ここはどこだ。壁も床も石造りのように見える。窓はなく、四方に置かれたランプのようなものが室内を照らしている。いきなりどこかの映画のセットか、劇場に連れてこられたとしか思えないが、いったいどんな手段で運ばれてきたのか見当がつかなくてパニックになりそうだ。

「なるほど、メリルと背格好が似ているようだな」

　発言したのは一番目立つ男だ。身長が二メートルくらいありそうな金茶の髪の色男。この男もストンとした足首まであるワンピースタイプの白い服を着ている。

　いったいここはなんだ。みんな流暢《りゅうちょう》な日本語を話しているが、どこかの国の俳優だろうか。こんなに印象的でハンサムな俳優がいたら、一目で記憶に残りそうなのに、まったくわからない。

「た、たしかに、メリル王子に背格好は似ています。黒髪と黒い瞳も。ですが、顔がまったく……」

　小柄な若い男がおずおずと発言する。小太りの中年男がそれに「似ていませんな」と同調した。みんな似たような服だが、色が微妙に違っている。

「ぜんぜん似ていない。これでは使えないぞ。失敗だ」

「なにを言う。王子の肖像画を見たことがある者は少ないだろう。誤魔化せるのではないか？」

　痩せた中年男が反論した。

　いきなり演技がはじまったようにしか見えない。これは即興劇だろうか？　現実だとしたら、みんな頭がどうかしているとしか思えない。

「いや、見たことのある者が、偽者だと騒ぎ立てたらどうする」

「領主の肖像画なら多少は出回っているが、家族まではめったにない。すぐに偽者だとわかる者などおるまいよ」

「おまえはいつも甘いな。最悪の展開を考えておいた方が良い」

「最悪の展開ばかり考えていてはなにも進まないではないか」

　痩せた男と小太りの男が口論になった。二人とも金茶の髪の男ほどではないが、長身だった。

「まあまあ、二人とも落ち着け。そのあたりのことは、これから対策を考えよう。とりあえず、彼に挨拶するのが先ではないか？」

　金茶の髪の男が、ゆったりと近づいてきた。大和はびっくりして壁まで飛びすさる。そこに背中をつけて、歩み寄る男をおそるおそる見上げた。

「そんなに怖がらないでくれ。私たちは君に危害を加えるつもりはない」

　おかしな外国人集団を信用しろと言われても困る。大和は警戒心マックスのまま壁にへばりついた。

　男は大和の前に立つと、優雅に一礼してきた。

「ようこそ、我が国、レイヴァース王国へ。私は第三十二代国王、アリソン・レイヴァースだ」

　低く響いた声だったが、そんな国名は聞いたことがないし、滑舌ばっちりで外国名を堂々と名乗られてもリアルじゃない。

「ん？　私はレイヴァース王国の――」

「ここは日本だろ。そんな変な名前の国じゃない。ドッキリなの？　もう十分驚いたから、勘弁してよ。マジで、謝れって言うなら土下座でもなんでもするから、解放してくれない？」

　ここから逃げたいという思いしかなくて、大和は壁に懐いたまま投げやりに言った。壁はセットの紛《まが》い物なんかではなく、本物の石の感触がする。いったいどこに連れてこられたのか、わからなすぎてぞっとした。

　青くなっている大和に、男は苦笑いした。ドキッとするような、艶《あで》やかな笑みだった。

「すまない、現状が理解できていないね。君は我々が召喚した。ここは、君が住んでいた世界とは違う世界だ」

ほら、と床を指さされる。大和は目を丸くした。なんと床には魔法陣が描かれていた。

「さっき、君はあの中央に立っていた。正魔導士ダートによって、こちらの世界に召喚されたのだ」

啞然としたあと、苛立ちが湧いてくる。こんな馬鹿馬鹿《ばかばか》しい話、どうして信じられるだろうか。

「もうおふざけはいいから、俺を帰してくれ。明日もコンビニの仕事があるんだ。こんなところで時間を取られて睡眠時間を削られたら困る。倒れてもだれも助けてくれないんだからさ。頭のおかしい人たちの相手なんかしてる暇はないんだよ！」

「陛下、いくら勇者でも不敬がすぎますぞ」

小太りの男が目を吊《つ》り上げて大和を睨んできた。本気の怒りを感じたが、ここで変なプライドが出てきて、大和は睨み返してしまう。

「まあ待て、彼は混乱しているだけだ」

金茶の髪の男はにっこりと微笑み、ごく自然に大和の手を握ってきた。ぎょっとして振りほどこうとしたが、「おいで」と木製のドアの向こうへと引っ張られる。その向こうには上へとのぼる石の階段があった。そこをのぼっていく男に手を引かれ、仕方なくついていく。大和たちの後に、部屋にいたほかの男たちも続いた。

階段は狭く、長く続いている。その途中の踊り場に窓があった。素朴な木枠の窓ガラス越しに、月光が差しこみ、階段の一部を照らしている。

「ほら、見てごらん。これがこの世界だ。君のいた世界とは、いくつかちがうところがあるだろう？」

促されるままに窓の外を見て、大和は愕然《がくぜん》とした。

夜空に、二つの月が浮かんでいた。

◇◇◇

夜空に二つの月が浮かんでいる。ほぼ真円の白い月を眺めながら、アリソンは自分を膝枕してくれている妾妃《しょうひ》の美しい歌声に耳を傾けていた。

広大な庭園に造られた池の上に、半分乗り出すかたちで作られた露台《バルコニー》には、アリソンと妾妃、酒を注ぐ役の女官と護衛の騎士が二人いるだけだ。篝火《かがりび》を焚《た》かなくとも、二つの月が大地を明るく照らしてくれているおかげで、暗さは感じない。

季節は秋。暑くも寒くもない静かな夜を、アリソンはゆったりと楽しんでいた。過ごしにくい灼熱《しゃくねつ》の夏が過ぎ、秋になったばかり。昼間はまだ暑いが、日が暮れればずいぶん涼しくなってきた。

妾妃の歌が終わると、女官が杯に酒を注いでくれる。寝転がったまま行儀悪くそれをすすり、アリソンは妾妃の尻を撫《な》でた。張りのある若い肉体が、最高級のシルクに包まれている。

強烈な性欲を感じる年頃ではなくなったが、アリソンはまだ三十二歳の健康的な男だった。三日に一度ほどの頻度で、五人いる妾妃のうちのひとりを寝所に呼ぶ。正妃はいない。アリソンは五百年以上続く王家の長だが、生涯、后《きさき》を娶《めと》るつもりはなかった。そして、子供をつくるつもりもなかった。

「今夜はおまえを寝所に招こうかな」

「あら、ありがとうございます」

ふふふ、と妾妃が優しく笑う。アリソンは美しく整った妾妃の顔を仰ぎ見た。

「陛下、あちらに……」

妾妃にそっと肩を揺すられて上体を起こした。

露台に上がる階段の手前に、内務大臣クレイトンの痩身と外務大臣イーガンのやや丸みを帯びた影があった。

「陛下、お寛《くつろ》ぎのところ、誠に申し訳ありません」

「申し訳ありません」

クレイトンとイーガンが揃《そろ》って深く頭を下げる。

執務時間外の訪問に、アリソンはやれやれとため息をついた。なにか問題が起こったらしい。アリソンは目配せだけで、女官と妾妃を露台から下がらせた。

「今夜は良い月ですな」

ぎこちない笑みを口元に浮かべながら、イーガンが露台に上がってくる。クレイトンはぐっと口角を下げたまま歩み寄ってきた。酒瓶が乗った盆を囲むようにして、三人が膝を突き合わせる形になる。

「どうした。なにかあったのか」

「それが、その……」

イーガンが禿《は》げかけた頭を撫でて口ごもる。その横からクレイトンが端的に報告してきた。

「メリル王子がいまだ到着しておりません」

「……たしか、昨日のうちに王都に着くはずだったと記憶しているが？」

アリソンが眉間に皺を寄せると、「そうです」とクレイトンが頷く。

「なにか連絡は？　途中で思いもよらない事故があったとか、メリル王子が体調を崩してどこかの宿に長逗留《ながとうりゅう》しているとか」

「なにもありません」

「陛下、外務大臣として不手際があったことをお許しください」

イーガンが額に汗をかきながら平伏する。

「一昨日《おととい》までは、メリル王子一行と密に連絡を取り合っていたのです。二十日におよぶ長旅は順調で、王都のすぐ手前まで来ていたのは確認しました。ですがそのあと、なぜか連絡が途切れ、今日になっても到着しません。いま、調べさせています」

「到着が遅れるという知らせもないのは変だな」

　メリル一行になにかがあったのはたしかだろう。

「夜盗にでも襲われたか？」

「通常の護衛に加えて、手練《てだ》れの剣士を雇ったそうですが……田舎者の言う『手練れ』がどれほどのものかわかりません」

　イーガンが苦い顔でスタイン自治領を見下すような発言をした。いまにはじまったことではないので、アリソンはいちいち咎《とが》める気はなく、聞き流す。

「陛下、王都近くまで来ていたのなら、夜盗の襲撃にあった可能性は低いですぞ。我が国はそんなに治安は悪くありません」

　それに一行が襲撃にあったのなら、いくらなんでも近隣の噂《うわさ》になりそうなものだ。そうした話が聞こえてこないのなら、自主的に連絡を絶ったか、なんらかの事件に巻きこまれたか。

「とにかく一行を探せ」

　アリソンの命に、二人の大臣は恭しく頭を下げた。

　王都の手前まで来ていたのなら、すぐに状況は把握できるだろうと楽観的に構えていたアリソンだが、その通りにはいかなかった。

　このとき、まさか、その数日後に異世界から勇者を召喚する事態になるとは、思ってもいなかったのだった。

◇◇◇

「月が……二つある……？」

　白く輝く二つの月に呆然《ぼうぜん》としたあと、大和はのろのろと視線を下へと移す。月明りに照らされた石造りの街が眼下に広がっていた。

　テレビで見た、欧州のどこかの世界遺産の街に似ている。放射状に広がる道、きちんとした都市計画のもとに造られたと思われるおなじ形の家々、ところどころに広場のような場所があり、街路樹は黒い影を落としている。時刻は遅いのか、道を歩く人影はなく、街は静まり返っていた。

「君がいた世界では、月は二つではないのか？」

「ひとつだけ……」

「そうか。ならば、ここが君のいた世界とはちがう場所だと、理解してくれたかな？」

「…………」

すぐには言葉が出なかった。

なんらかの手段で眠らされて外国に連れてこられたとしても、二つの月の説明がつかない。

たしかに、大和は「もう消えたい」と思った。絶望して、「だれも知らないところへ行っちゃいたい」と願った。でもこういうことではない。いや、こういうことなのか？

頭の中がぐるぐるしてきて、大和は窓枠にしがみつくように体を支えた。

「大丈夫か？」

アリソンと名乗った金茶の髪の男は、大和の背中を支えてくれた。大丈夫なわけがない。

「ここは異世界……？」

「いきなりすぎて驚いただろう。すまない。我々が強引だったのは認める。だがこの方法しかなかった」

耳元で静かに低音で話しかけられ、視線を向ける。やはり俳優ばりの美形だ。美形は声まで美しいらしい。

自分が異世界に召喚されて、この男がこの国の王だと言うのなら、天に二物も三物も与えられたこれほど恵まれた男がいるものなんだと、感心を通り越して呆《あき》れる。

男はやけに近く顔を寄せてきて、「君の名前は？」と囁くように聞いてきた。耳がくすぐったい。

「名前？」

「そう、君の名前。なんという？」

「……桑原大和、です」

「クワハラヤマト。言いにくいな。最初の音を取って、クワと呼ぼうか」

「いえ、桑原っていうのは姓なので、名は大和です」

「ヤマト。そうか、ヤマトか」

嬉しそうに微笑まれ、眩《まぶ》しすぎて視線を逸《そ》らした。

異世界に連れてこられてしまったらしい、という最初の衝撃が薄れてくると、とんでもない美形に背中から抱きこまれて密着している体勢が非常に気になってくる。

「あの、日本語お上手なんですね」

「ニホンゴ？　それはなんだ？」

「えっ？」

それはなんだと言われるとは思ってもおらず、大和は戸惑って視線をさ迷わせる。

「それはもしかして言葉のことですかな？」

何段か下の階段途中でこちらの様子を窺っていた男たちの中から声がした。フードを被った白髭の老人だ。聞こえてくるのはやはり流暢な日本語だった。

「我々とあなたの意思疎通に問題がないのは、召喚するときに『そうであれ』と私が魔道を使ったからです。我々の耳には、あなたの言葉は正確な発音の大陸公用語に聞こえています。ニホンゴというものではありません」

「うそ……」

そんなことって、あるの？

「おたがいの文字はおそらく読めません」

確かめようと、大和は周囲をぐるりと見回してみたが、文字らしきものは見つけられなかった。

「文字が読めなくとも、とりあえず不都合はないでしょう。あなたは勇者として、我々の役に立ってくだされぱいいのです」

「えっ、勇者？」

サーッと頭から血の気が引いていく。

なに？　なにをやらされるわけ？

キャンプすらほとんど経験がない自分に荒野でサバイバルなんて無理だし、モンスターと闘えと命じられても腕に覚えはないから一瞬で負けるだろう。

血みどろになって倒れる自分が容易に想像できて、恐ろしさのあまり全身が震えてくる。

「ヤマト、寒いのか？」

アリソンが大和の手をぎゅっと握ってきた。いつのまにか手足が冷え切っている。貧血状態に陥っているようだ。

「とりあえず、場所を移そうか」

アリソンがそう言うと白髭の老人が寄ってきて、大和はローブを着せられた。フードを目深に被るようにと言われる。アリソンに手を引かれて石造りの階段をもうすこしのぼり、廊下に出た。

「ここは王城だ。王族の住まいであり、国の政《まつりごと》を行うところでもある」

どうやら城は小高い山の中腹に建てられているようだ。

さっきの窓が高い場所にあるように感じたのは間違いではないが、廊下の先には中庭があった。ちいさな噴水もあり、夜だというのにちょろちょろと水が出ている。その周りに植えられた木は、きれいに刈りこまれ、立方体や三角錐《すい》の形になっていた。

ぐるりと廊下が中庭を囲んでいるので、これは回廊と言うのかもしれない。天井が高く、開放的で、柱は円柱だ。ギリシャの神殿のようだなと思う。

夢のように美しい夜の庭に、目を奪われる。

これが、現実逃避したい自分が見ている夢ならば、すぐに醒めるだろう。けれど夢だったとして——ボロアパートの一室で目覚めた大和に、未来はあるのか。目を閉じれば、階段の下で倒れている麻木の姿が思い浮かぶ。謝罪しても許してもらえるとは思えなかった。大和の未来は閉ざされた。そもそも、輝かしい未来などあったのか？

腕を引かれ、ハッと顔を上げると、アリソンが気遣わし気に見下ろしてきていた。いつのまにか大和の足が止まっていた。

「こっちだ。すべてを説明するから、おいで」

連れていかれたのは、王の執務室という部屋だった。以前テレビで見た、英国ドラマのロケで使われた歴史ある城の内部に似ている。頑丈そうでありながらも、どこか優美なデザインの長椅子に座るよう促された。すると当然のように、アリソンが隣に腰を下ろし、大和の肩を抱くように腕を背凭《せもた》れに置いてきた。

そこで、大和は魔法陣が描かれていた部屋からついてきていた男たちを紹介される。細くてのっぽなのは内務大臣のクレイトン、小太りで禿げかけているのは外務大臣のイーガン、この中では小柄な部類に入る三十代とおぼしき男は侍従のガッティ、白髭の老人は正魔導士のダート……いっぺんには覚えきれない。

混乱している大和の前に、地図らしきものが広げられた。

「ここが、いまいる王都だ。ここからここまでがレイヴァース王国」

アリソンが長い指で示してくれる。白髭の老人が言った通り、そこに書かれた文字と思われるものは、大和にはまったく読めなかった。アルファベットには似ていない。よく知らないがアラビア文字に近いのかもしれない。

「ヤマト様、私が事情をお話しいたしましょう」

痩せたのっぽの内務大臣が屈《かが》みこんできて、地図を指さした。

「我がレイヴァース王国は、険しい山脈と海に囲まれております。山脈の向こうにはおなじ規模のアンブローズ王国がありますが、国交はほとんどなく、特に揉《も》め事は抱えていません。とても平和です」

ではなぜ勇者を異世界から召喚しなければならなかったのか。大和にいったいなにをやらせるつもりなのか。

「レイヴァース王国は、一部地域に領主を置き、自治を認めております。北西のこのあたりをスタイン自治領、南西のこのあたりをウォード自治領といいます」

点線が引かれた地図の一部分を、クレイトンの指がなぞる。この二つは元々独立した国だったが、二百年前に戦争があり、レイヴァース王国に取りこまれた。だが文化や宗教の違いから、完全に同化するのは難しく、自治を認めて今日に至るらしい。ほとんど世界史の授業だ。この話からいったい勇者の召喚にどう繋《つな》がっていくのかわからなかったが、大和は真面目に聞いた。

「友好の証《あかし》として、この二百年間、二つの自治領は人質を差し出してきました」

「人質?」

物騒な単語が飛び出して驚いた大和に、アリソンが安心させるように微笑みかけてくる。

「人質といっても客人扱いだ。王城の敷地内に専用の離宮があり、その中でなら自由に過ごしてもらっていい。心安らかに生活してもらうために、我々は心を砕く。人質制度は形骸化しているが、二百年続けてきた決まり事だ。これをやめるためには、山ほどの時間をかけて話し合い、別の決まり事を作らなければならないだろう」

国と国との約束事が、そう簡単に変えられるものではないことは、異世界でもおなじだろう。大和だって日々テレビニュースを見ているので想像がつく。

「ところがいま、この決まり事が危機に瀕《ひん》しているのです」

「危機？」

「スタイン自治領から人質としてやってくるはずのメリル王子が、行方不明になってしまったのです」

えっ、と地図から視線を上げると、あまり表情筋が働いていないクレイトンの顔に、わりとはっきりとした憂いが浮かんでいる。

「なにか異常事態が発生したのは間違いないので手分けして探しているところなのですが、見つかっておりません。もう五日になります」

「それは心配ですね……」

「みずから行方をくらましたのか、それとも何者かに拉致されたのかすら、わかっていません」

この世界の治安がどれほどのものかわからないが、科学捜査や監視カメラなんてものは存在していない雰囲気だから、きっと探すのには大変な労力が必要だろう。

「メリル王子は十六歳で、黒髪黒い瞳。身長は君くらいのようです」

「……………え？」

「メリル王子を全力で探していますが、もし発見できなかった場合、または発見できたとしても時間がかかってしまった場合、政治的に都合の悪いことがいろいろ起こり得る可能性があります。できればメリル王子が行方不明になったことは隠しておきたいのです。けれどスタイン自治領を発《た》ち、王都近くまで到達していたことは、広く知れ渡っています。とうに王城入りを果たしたと思われているに違いありません。だから君に、メリル王子役をやってもらいたいと思っています」

「ちょっ、ちょっと、なに？　なにを言ってんですか？」

「我々には時間が必要なのです。ずっと代役をやってもらうつもりはありません。本物のメリル王子が見つからなかったら、スタイン自治領から新たな人質がやってくるでしょう。そうしたら公には交代して国に帰ることになりますから、君は晴れて自由の身。その後の生活は国が保障します」

ああ、それなら安心、なんて思えない。

「そんなの無理です」

「どうして無理と決めつける？」

横からアリソンが抱き竦《すく》めるようにして距離を詰めてきた。そんな場合じゃないのに、大和は顔に血が上ってくるのを感じる。美形の迫力は半端ない。

「だ、だって、バリバリの庶民ですよ、俺。王子様の代わりなんて、そんな、それっぽい所作とか、この国のしきたりとか、ぜんぜん知らないし」

「大丈夫、いきなり人前に出すことはしない。それらしく振る舞えるように練習してからだ。所作や言葉遣いは侍従と私が教える」

「教えるって、そんな簡単に言われても……」

「そうですよ、陛下」

小太りの外務大臣――イーガンが口を挟んできた。大和を擁護してくれるかと思いきや、そうではなかった。

「こんな貧相な小僧にメリル王子の代役など無理に決まっています。いくら練習しても内面から滲《にじ》み出る気品がないことには、どうしようもない。第一、髪と瞳の色がおなじで背格好がちょっと似ているからといって、顔がぜんぜん違うではありませんか。これではいくら所作を練習しても、代役など務まりません」

鼻息荒く、大和を睨みつけてくる。初対面なのに仇《かたき》のように険しい目を向けられて、大和は無意識のうちにアリソンの方へと体を傾けていた。

「異世界から勇者を召喚するなど、無謀だったのです。極秘事案をここまで説明する必要はなかった。知ってしまった以上、この小僧を放逐することもできない。まったく面倒なことになったものだ。事態が収束するまで、小僧はどこかに監禁しておくしかありませんな。そのあとは秘密裏に処分するか、口がきけないように処置するかしかない」

この人はなにを言っているのか。処分？　処置？　勝手に連れてきておいてそれは、あまりにもひどい仕打ちだ。

「メリル王子は自主的に行方をくらましたに決まっています。王都近くの宿場町で物騒な事件など起こるわけがない。きっとスタイン自治領には二心あるのです。断固とした態度でスタイン自治領に制裁を加えることを提案します」

「イーガン、おまえの言う断固とした態度は過激だ。まだそんな段階ではない」

ため息をつきながらアリソンがゆったりとした口調で話す。まるで言い聞かせるように。

大和はそっとアリソンの横顔を見た。レイヴァース王国という国名はアリソンの苗字《みょうじ》とおなじだ。ならば、君主制だろう。ずいぶんと大臣たちと距離が近い。これがこの国のカラーなのだろうか。

「とりあえず我々がしなければならないのは、メリルを探しながら時間を稼ぐことだ。私はスタイン自治領には二心はないと考えている。緊急の書面を届けさせたから、向こうは向こうできっとかなりの騒動になっているだろう」

「陛下、それはあまりにも楽天的すぎますぞ」

「そうかな？」

ふっと笑ったアリソンが、大和を見つめてきた。

「私は今回の勇者召喚は成功したと思っている。背格好と髪の色と瞳の色が似ていれば、十分だ。顔が似ていないことに対しては、旅の途中でケガをしたとでも言って仮面を被ればいい。療養中ならば、そんなに頻繁に人前に出なくて済むし、多少様子がおかしくても大目に見てくれるだろう」

「ですが、この小僧、まだ子供ではありませんか？

声はそれほど高くはありませんが、言動があまりにも幼いと不審がられますぞ」

「メリルはたしか十六歳だったな。君は何歳だ？」

「十八歳です」

「大人だ」

アリソンが「良くできました」とでも言いた気に満足そうな笑みを浮かべ、イーガンに「大丈夫そうだぞ」と言った。イーガンは苦虫を噛《か》み潰したような表情になる。

そんなに子供っぽいだろうか。自分では年相応の顔立ちをしていると思っているが、こちらの世界ではみんな背が高そうなので、大和くらいでは子供に見られるのかもしれない。

「十八歳なら分別もあるだろう。メリルらしい言動を心がけてくれるさ」

「ちょっと待ってください。あの、俺はまだ代役を引き受けてはいませんけど」

黙っていたら、このまま決定してしまいそうだった。さっきあれほど、無理だと言ったのに。

「できると思うよ」

「無理です。王子らしくだなんて、そんな、俺、底辺育ちだから、いくら訓練したって、気品なんて身につかないだろうし……」

大勢の前に出て王子の身代わりをする場面が想像できない。すぐに見破られて、罵られたり嘲笑《あざわら》われたりしたら——。

「無理、絶対に無理、ごめんなさい、役目は果たせません。マジで無理だから！」

「できる。私が指導するから。君はきっとできる」

「だからなにを根拠にそう思うんですか」

「君は役者だろう」

えっ、と大和は息を呑《の》んだ。アリソンが真顔で、鳶《とび》色の瞳をまっすぐ向けてきた。

「異世界から勇者を召喚するとき、その目的によって、いくつかの条件付けができる。条件の数は魔導士の実力に比例する。ダートは熟練の魔導士だ。今回、我々は四つの条件を提示した。一つ目は、黒髪黒瞳で背格好がメリルに似ていること、二つ目は現在の世界にしがらみがないこと、三つ目は野心がなく清らかな心の持ち主であること、そして四つ目は――メリル役を演じることができる役者であること、だ」

大和は茫然《ぼうぜん》とアリソンを見つめ返すことしかできない。

役者。

まさかの、役者として呼ばれたのか。ここに、この世界に、王子役を演じるために召喚されたのか――。

「君に、ぜひ演じてもらいたい」

演じる。王子役を。

「とても重要な役だ。君にしかできない。我々のために、この王城を舞台にして、メリルを演じてくれないか」

ずっと欲しかった言葉が、大和の胸を打った。

すべてを諦めて、疲れ切って、乾いてひび割れていた大和の心が、なにか温かなものでひたひたと満たされていく。

自分を必要としてくれている人がいた。役者として求められている。はじめての役だ。

「俺は、役者……」

「演じるんだ。役になり切って」

「俺にしか、できない……？」

「そうだ、君にしかできない」

アリソンがはっきりと頷いてくれて、大和は明るい未来を見たような気がした。たとえ短い期間だとしても、役者としての仕事を与えられた。その自負が、王子役が必要なくなったあとも、自分になんらかの方向性を示してくれるような希望を抱いたのだ。

「俺に、できるでしょうか」

「できるさ」

確信に満ちたアリソンの声が大和の背中を押した。

「やってくれるね？」

大和がこくりと頷くと、クレイトンがホッとしたように口元を緩めた。

「俺、やってみたいです」

大和の返事に、アリソンは花のように艶やかな笑みを浮かべた。

◇◇◇

無気力感が漂い、怯《おび》えた目をしていた大和の表情が一変する瞬間《ま》を目の当たりにして、アリソンは自分が発した言葉の重みを知った。


（この子、面白い……）

与えられた役目を引き受けると決意し興奮しているのか、大和の白い頬が紅潮している。純真そうな黒い瞳がキラキラしていた。

（可愛いな）

大和の顔立ちには異国情緒があった。大陸では見ない顔だ。全体的に彫りが浅く、平坦。だが大和の目鼻立ちは整っていて、ちょっと上がった目尻には色気を感じる。十二歳の甥《おい》と変わらない体格をしてはいるが、自己申告によれば十八歳だ。ほのかに滲む色気は年相応ということか。

その黒い瞳には寂寥《せきりょう》感も垣間《かいま》見えた。アリソンは、大和が内包する、隠し切れない孤独の匂いを敏感に嗅ぎ取っていた。面倒を見てあげなければ、と思わせるものを持っている。

この場にいるだれよりも自分に気を許してくれるのなら、こちらもそのつもりで可愛がるのはやぶさかではない。

執務室の扉が叩《たた》かれて、侍従長のエスモンド・フロリオがのっそりと顔を出した。

アリソンが幼少のころから王城に仕えている男で、現在六十歳。外見はいかついが繊細な気配りができる侍従長だ。茶色の癖毛と、おなじ毛質の髭をたくわえた、一見年齢不詳の男が現れて、大和がびくっと身を竦める。

「大丈夫、あの男は侍従長だ。フロリオという。この王城内のことならなんでも知っている、頼りになる男だから、覚えておくように」

「は、はい……」

大和が健気にも頷くから、やはり可愛いと思ってしまう。

「陛下、もう月が中天を過ぎました。今夜の話し合いはそろそろ終わりにして、続きは明日になさったらいかがでしょうか」

フロリオの進言に、アリソンは「もうそんな時間か」と立ち上がる。大和の手を引き、フロリオに託した。

「この子を私の居室まで案内してくれ。大臣たちを解散させたらすぐに行く。着替えさせて、寝る支度を頼む。できれば湯浴みを」

「かしこまりました」

フロリオは軽く頭を下げ、まるで姫に対するように大和を引率して歩いていく。心細そうにちらりと振り返った大和に、笑顔で手を振ってあげた。

「陛下、あの者をご自分の居室に招くとは、いったいどういう了見ですか」

振り返ると険しい顔をしたクレイトンがいた。イーガンもダートもガッティも胡乱《うろん》な目をしている。

「メリル王子の代役なのですから、スタイン家の離宮に住まわせれば良いのでは？」

当然の進言だ。アリソンとて、ついさっきまでそう思っていた。気が変わったのは、大和が代役を引き受けてくれた瞬間だ。

「私の近くにいれば安全だ。メリルがどういった理由で姿を消したのかわかっていない以上、代役のヤマトも命の危険がある」

「離宮でも厳重な警備は可能です」

「それではヤマトが心細いだろう。私が常にそばにいて、面倒を見てあげようと思う」

「どこまで面倒を見るおつもりですか？」

口調がとげとげしく感じられた。

「なにか誤解をしているのか？」

「誤解？　誤解で終われば良いと思っています」

「私はただ、強引に異世界に連れてこられて萎縮している子供に、優しく接してあげようと思っているだけだ。他意はない」

「信じられませんな。あの者が地下室に現れたとたん、陛下の鼻の下が伸びたのを、私はこの目でしっかりと見ております」

クレイトンにつけつけと言われ、アリソンは思わず自分の鼻の下を手で擦《こす》った。自覚はなかったが、どうやら一目で大和を気に入っていたようだ。

「あの者を代役に仕立てるだけでなく、寵童《ちょうどう》にもするおつもりですか」

「いや、まさか。そこまでは考えていなかった。それに寵童という年齢ではないだろう。ヤマトは十八だぞ」

「でしたら陛下の居室に連れこむのはおやめになった方がよろしいのではないでしょうか。また不名誉な噂が流されることになりますぞ。十四年前とおなじことを繰り返すおつもりですかっ」

「噂くらい私は別に気にしない」

「すこしは気にしてください。あの件のせいもあって、陛下の人気はいまだに低いままです」

クレイトンの憂いを、アリソンは笑い飛ばした。

十四年前、もうひとつの自治領ウォードからあたらしい人質が来た。領主の三男・ウィルだ。美しい少年だったウィルは病弱で、当時まだ王太子だったアリソンはなにかと面倒を見てやり、友情を築いた。

だがそれを、周囲が勘ぐった。ウィルがあまりにも美しかったため、アリソンが寵愛していると噂したのだ。その噂をアリソンは特に否定せず、なんら対策を講じなかったため、じわじわと全土に広がった。いまだにその噂を信じている者は多いと聞く。

ウィルは今年二十六歳になり、美しい青年に成長した。アリソンは時折、離宮を訪ねて酒を酌み交わしている。若くして故郷を離れたからか、かつての生活を懐かしむことはあまりないらしく、このまま王都で老いていくつもりのようだ。

「私は王としての執務は真っ当にこなしている。王族の人気は甥のデリックが集めているから、問題はないだろう」

アリソンには妹がひとりいる。アマベルといい、十代後半で結婚し、一男一女をもうけていた。十二歳のデリックはすでに王太子として教育を受けており、アリソンは次代になんの憂いも抱いていない。

ちなみにアマベルの夫は、クレイトンの息子だ。

「もし噂になったら、メリル王子がきっと気にするでしょう。本物の王子が見つかったときどう思うか、すこしは想像力を働かせてください」

それはそうだが、アリソンとしては大和を目の届くところに置いておきたかった。あの少年がこれからどう変化していくのか間近で見届けたいし、身の安全を守ってあげられるのは自分だけだと思っている。召喚した責任もある。信頼のおける侍従長フロリオに世話を任せ、何者からも完璧に守ってあげたかった。

「ヤマトはしばらく私と寝起きをともにする」

「陛下っ」

「もう決めた」

王として、このくらいのわがままは言ってもいいだろう。アリソンはいままでわがままらしいわがままを言わないできた。それは、いつでも退位する心づもりでいたからだ。

「ガッティ」

「は、はいっ」

小柄な男は唐突に名前を呼ばれ、慌てて背筋を正した。ガッティはメリルの侍従だ。ともに故郷を発ち、王都を目指していたが、今回の事態となった。

メリルに同行していた従者たちは、一生尽くすつもりで仕えていた主人を見失い、必死に探していたのだ。ぼろぼろの状態で保護され、手当てが必要な者は王都内の療養所にいる。

メリル専属だったというガッティは、今後は王城内に滞在させることになっていた。

「明日の昼、フロリオを訪ねろ。ヤマトをメリル王子らしくするには、おまえの力も必要だ。スタイン家のしきたりや、スタイン自治領のことを講義してやってほしい。朝のうちに今後の予定を立てておくから、フロリオからそれを聞くように」

「わかりました」

深々と頭を下げるガッティを横目で見ながら、アリソンはさっさと執務室を出た。慌てたようにクレイトンとイーガンが追ってくる。

「陛下、お待ちください。まだ話は終わっておりません！」

「陛下、陛下っ！」

全速力で走れば初老の域にさしかかった二人に追いつかれることはまずない。護衛の騎士が急いでついてくるのも構わず、アリソンは巡回中の衛兵が驚くほどの速さで王城内の廊下を疾走し、自分の部屋に戻った。

すでに時刻はかなり遅い。扉の左右に立っている衛兵が敬礼してくるのを適当にかわし、急ぎながらもそっと中に入った。控えの間には今夜の寝ずの番の侍従が二人いた。どうやら侍従たちに手伝わせず、フロリオはひとりだけで大和の世話をしてくれているようだ。そのまま一番奥の寝室へ直行する。

「陛下、お戻りですか」

椅子に座らせた大和の髪を櫛《くし》で梳《す》いていたフロリオが振り返り、「湯浴みの用意ができておりますが」といつもの平坦な口調で聞いてきた――が、アリソンの意識はフロリオの前で座っている大和にだけ集中してしまった。

くるりと振り返った大和は湯浴みをしたらしく、黒い髪がしっとり湿っていた。血行が良くなったのか、顔色がいくぶんマシに見える。夜遅い時間だというのに、黒い瞳をキラキラさせてアリソンを見上げてきた。

「あの、お風呂、お先にいただきました」

「そうか」

「すごく広くて、気持ち良かったです」

王族のだれかのお下がりだと思われる寝間着を着ている。さすがフロリオだ、大和の体格にぴったりのものを選んでいる。膝下までの丈の生成り色の寝間着は襟元にちいさなフリルがあしらわれ、前開きボタンは貝殻でできている。妹のアマベルが使っていたものかもしれない。男性物ではないせいか、無垢《むく》な表情と神秘的な黒い髪は、大和を中性的に見せていた。

「私も湯浴みをしてくる。眠かったら、先に寝ていなさい」

「俺のベッドはどこですか」

「ベッド？　寝台のことかな？　そこにあるだろう」

アリソンが指さした天蓋付きの寝台を見て、大和は目を丸くした。

「あんな立派なベッドを、俺が使ってもいいんですか？」

「いいんだよ」

その横を通り過ぎ、寝室に併設されている浴室に入ると、大和が使ったあとだからか、湯気が立ちこめていた。フロリオに手伝わせて服を脱ぐ。髪を洗うのはやめて、一日の汗だけを湯でさっと流した。湯浴みの介助は侍従の役目で、侍従長にまでのぼりつめたフロリオの仕事ではなかったが、あえてアリソンは手伝わせた。

フロリオは濡れたアリソンの体を丁寧に拭きながら、「ヤマト様の体に目立った傷はありませんでした」と小声で報告してきた。

「なにか気になったことはあるか？」

「瘦せ気味であること以外は、特に。栄養状態は良くなかったようですが、歯並びはあまり悪くはありませんでしたし、視力も良いようです。わたくしの存在にはなかなか慣れないようですが、それは人に仕える側にしか立ったことがないからだと思います」

「なるほど」

「まだ環境の変化に戸惑っていらっしゃいます。ですが、明日からの生活に希望を抱いてもいるようで、張り切るあまりかえって精神的に疲れてしまわれないか、気になるところです。とても真面目な方なのでしょう」

「わかった。その点に注意しよう」

すこし考えてから、今後のことをフロリオに頼んだ。

「今夜だけでなく、しばらくは私の部屋で寝起きさせることにする。そのように手配しろ。ヤマトの世話はおまえに一任する。最小限の人数で当たらせろ」

「かしこまりました」

フロリオは一切無駄な質問はせず、なにもかも察した様子で了承してくれた。

「明日からヤマトに王子らしい振る舞いを教えるこ

とになった。教師は私とメリルの侍従だ。ガッティという侍従が昼にはおまえを訪ねてくるだろうから、それまでに計画を立てておいてくれ」

大和が着ている寝間着と似たような意匠のもの——ただしフリルはついていない——を身につけ、アリソンは寝室に戻った。てっきり大和はもう寝台に入っていると思っていたのに、その周りをうろうろしていた。

「ヤマト、どうした？　眠くないのか？　だがあと三刻ほどでもう夜明けだ。すこしでも眠っておいた方がいいぞ」

驚かせないようにそっと手を引いたが、大和は戸惑うように視線を泳がせた。

「ヤマト？」

「あのベッド、もしかして王様のものですか？」

「ああ、そうだが？」

「一緒に寝るんですか？」

なんだ、そんなことか。

こちらの様子を窺って退室しようかどうか迷っていたらしいフロリオに、休んでいいと目で合図を送る。フロリオはひとつ頷き、静かに出て行った。

「ヤマト、急なことだったので君の寝室が用意できていない。申し訳ないが、私と一緒に休んでくれないか」

ちょっと無理のある説明だろうか。正直に、「可愛いと思ったヤマトを手の届くところに置いておきたい」と言えばいいのか？　いや、引かれるだろう。

「俺の寝室なんて、どこでもいいのに……」

「いや、警備の問題がある」

「警備？」

「さっきも説明したように、メリル失踪の真相はなにもわかっていない。背格好が似ている君の身も危ないかもしれないだろう？　だから私が責任をもって保護をする。寝食をともにすれば、手っ取り早いと思ったのだが、間違っているかな」

大和はしばし考えこみ、「うーん…」と唸《うな》った。

「でも俺、物心ついてから人と一緒に寝たことがないんで、寝相がいいかどうか、わからないんですけど……。もし王様を蹴っ飛ばしたり、いびきがうるさかったりしたら――」

もじもじしながらそんなことを言うから、アリソンは「可愛い！」と抱きしめそうになる衝動と闘わなければならなかった。

「そんなことは気にしなくていい。ほら見てごらん。二人で寝ても十分な広さがあるだろう？　多少、寝相が悪くても大丈夫だ」

「いびきがうるさかったら？」

「それは私の方も心配だ」

「王様も？」

「私のいびきがひどいという話は聞かないが、もしかしたらうるさいかもしれない。もし眠れないほどだったら、フロリオに耳栓を用意してもらおう。それでいい？」

「……はい」

ちょっと恥ずかしそうなところがまた、アリソンの庇護《ひご》欲をくすぐってやまない。

「ほら、おいで。私ももう眠い。明日も仕事がある」

あらためて寝台に誘うと、大和はついてきた。高い寝台に上がるのに四苦八苦しているようだったので、背後から抱き上げて乗せると、顔が真っ赤になる。可愛いので、踏み台を用意させるのはやめておこう、とアリソンは決めた。

広い寝台の隅に、大和は遠慮がちに横たわる。その小さな横顔を、アリソンは眺めながら横臥《おうが》した。心情的には抱き寄せて眠りたいが、それはあまりにもいきなりすぎるだろう。

じっと見つめていたら、視線を感じたようだ。ちらりとこちらを見て、「なんですか？」と聞いてくる。

「君を見ていた」

つい正直に答えてしまったら、大和の耳がほのかに赤くなった。

「お、おやすみなさい」

小声で呟《つぶや》き、大和はアリソンに背中を向けてしまった。仕方がないので、アリソンはその黒い後頭部を眺めながら眠ろうと思う。

いつもよりもずっと、心地良い眠りの世界へと落ちていったのだった。

◇◇◇

（……やっぱ、夢じゃなかったっぽい……）

分厚いカーテンの向こうで小鳥がピチュピチュと鳴いているのを聞きながら、大和は枕に顔を埋《うず》める。

こんなふかふかの枕、自分のものではあり得ない。おまけにほんのりいい匂いがする。なんだこれ。はじめての場所なのに、熟睡してしまった。

ふう、と息をついて顔を横に向けると、一メートルくらい離れた場所にきれいな寝顔があった。

（寝顔まで美形って、どういうことだよ）

こんなに完璧な男がいるなんて、となんだか悔しくなる。なるが、同時に妙な安心感もある。

ダブルサイズよりももっと大きなベッドとはいえ、他人と一晩過ごしたのに、嫌悪感はなかった。

（イケメンならいいのか、俺……）

たとえばコンビニの店長や麻木とひとつの布団で寝なければならなくなったとしたら、大和の体はエステ社長の早川とのアレコレを想像したときとおなじくらいの拒絶を示すだろう。肉体的な接触がまったくなくても。

（……いや、ただのイケメンじゃないし。王様だし。俺を守るって言ってくれたし）

身の安全のために寝食をともにした方が、と言われたとき、ここは元いた安全な日本ではないのだと現実を突きつけられた。ここはおそらく剣と魔道の世界。人の命はきっと軽い。医療だって発達していないだろうから、大ケガは死に直結だろう。腕に覚えがない大和は、剣で切りつけられたら身を守る術《すべ》がない。

アリソンに守ってもらうのが、たぶん一番いい。

彼は普通に頼り甲斐《がい》がありそうな大人に見えた。昨夜は初対面だったのに、無意識のうちに遠慮なく甘えてしまっていた自分が恥ずかしい。アリソンは表情には出さなかったが、もし変な奴と思われていたら、挽回《ばんかい》しなければならない。

望まれている役割を果たす。メリル王子という、自分と背格好が似た人の代役をやるのだ。王子らしい所作を教えてくれるということなので、まずはそれを頑張って覚えよう。

大和が心の中で決意を新たにしたとき、寝室の扉がノックされた。返事をすべきかどうか迷っているうちに扉が開き、昨夜、自分の世話をしてくれたフロリオという大男が入ってきた。

「おはようございます。ヤマト様、お目覚めでしたか」

「おはようございます……」

ほとんど赤鬼のような風貌の侍従長は、昨日と同じ服を着ていた。足首まであるワンピースで、色は若草色。その外見からは想像もつかない楚々《そそ》とした足取りで寝室を横切り、窓にかかっている分厚いカーテンを端から開けていく。眩しいほどの朝日が徐々に室内を明るく照らしていき、昨夜は四隅に置かれたランプでしか見られなかった部屋の様子を明らかにしていった。

自分が乗っている天蓋付きベッドの豪奢《ごうしゃ》な装飾にまず唖然とし、さらに高価そうな数々の調度品に、大和は眩暈《めまい》を覚えた。さすが王様……。

「陛下、朝でございます」

「うー……ん……」

フロリオが優しく声をかけ、アリソンを起こしにかかる。うっすらと目を開けたアリソンは、すぐに大和を見つけた。しばし無言で凝視されて、戸惑う。まさか昨夜のことをすべて忘れているのでは。

「おはよう、ヤマト」

「お、おはよう、ございます」

覚えていたようだ。良かった。

のろのろと上体を起こしたアリソンは、大きなあくびをした。イケメンはあくびをしても無様な顔にはならないと知った。

「陛下、どうぞ」

フロリオがティーカップを乗せたトレイを恭しく差し出した。アリソンは無言でソーサーごとカップを取り、湯気が立っているお茶を静かに飲む。ほのかに漂ってくるのはハーブティーのような独特の爽やかな香りだ。王様は寝起きにベッドの上でお茶を飲むのか、と大和は感心しながら眺めた。

「ヤマト様もお飲みになりますか？」

あまりにもじっと見ていたから欲しがっていると思われたのかもしれない。フロリオにそう尋ねられて、大和は「いまはいらないです」と焦って答えた。

たっぷりと時間をかけてカップ一杯のお茶を飲んだアリソンは、ベッドから下りるとフロリオに手伝ってもらいながら着替えはじめる。大和もベッドから下りて着替えた方がいいのだろうが、昨日着ていた服はどこかへ持ち去られてしまった。なにを着ればいいのかわからない。

「ヤマト様は、少々お待ちください」

フロリオがアリソンの次に世話をしてくれるつも

りのようなので、下手に動くといけないだろうと思い、じっとしていることにした。とにかくこの世界の勝手がわからない。自己判断では動かないようにしようと決めた。手持ち無沙汰な時間を有効活用して、アリソンを眺める。

寝間着を脱いだアリソンは下着——ゆったりしたトランクスみたいなもので、大和もいまそれを穿《は》いている——一枚の姿になる。素晴らしいスタイルだった。手足は長く、適度に鍛えられた体にはきっちりと筋肉がつき、腹はまったく出ていない。窓からの朝日を浴びたアリソンは、まるで芸術品のように美しかった。

だが次の瞬間、アリソンはためらいもなく下着を脱いでしまう。大和は慌てて視線を逸らした。いくら男同士でも、やはり下半身までじろじろと見るのは失礼だろう。もういいかな、と慎重に視線を戻したら、アリソンは新たな下着を穿き終わっていた。

その上に、昨夜とおなじデザインの白いワンピースを着た。やっぱりアラブっぽい。この国はもしかして暑いのだろうか。いまはそんなに暑いとは感じないが。

アリソンを見ていると、人にはその立場にふさわしいオーラがあるとわかる。威厳と、気品。王らしい美貌と非の打ち所がないスタイル。きっと頭脳も明晰《めいせき》なのだろう。そこに立っているだけで、後光が差しているように見えてしまう。ささいな動作も優雅だ。大和は目でトレースするように、アリソンの仕草を観察する。

人に傅《かしず》かれる立場の者が醸し出す空気、そこはかとなく漂う気品。背筋はいつもぴんとまっすぐで、顎は下がらず、上がりすぎず。指先の動き、視線ひとつで優雅さを表現できるのかと、大和は感嘆しながら見つめた。まずは真似《まね》からだ。アリソンのように自然に動けるようになるのは無理だろうが、すこしでも近づけるように努力しよう。

　大和にとって最もハードルが高そうなのは、侍従の前で裸になることを恥ずかしがらない、ということだ。男なので上半身を脱ぐのはなんとも思わないが、下半身はやはり羞恥がある。昨夜、風呂に入るときにフロリオが手伝ってくれようとし、かなり戸惑った。介助されるのは慣れていないので、浴室の使い方だけ教えてくれれば、あとは全部自分でやると言わなければならなかった。

　昨夜と今朝のアリソンを見ていると、あれこれと介助されるのはごく普通のことのようだ。高貴な生まれの王様なのだから、それはそうだろう。子供のころからされていれば、羞恥心など育たないのかもしれない。

「ヤマト様、こちらに」

　フロリオに呼ばれてベッドから下りた。ハンガーのようなものにかけられた服を何点か目の前に広げられた。みんなが着ているものとおなじデザインのアラブ風衣装だ。白ではなく、クリームがかった生地《し》で、前立てと袖に生地とおなじ色の糸で細かな刺繍《しゅう》がしてある。

「こちらの服はこの国の普段着です。純白は王族しか着られません。わたくしが着ている色は侍従の色。それぞれの役職によって色が決まっています。ヤマト様にはスタイン家の方に許されている、この双月《そうげつ》色になります」

「ソウゲツ色？」

「双月とは、二つの月のことです。スタイン自治領は独自の宗教を持っています。二つの月に神が宿るという考えです。こういったことも、おいおい学習していただきます。急でしたので、衣裳部屋に保管してあったものをお持ちしました。かなりの年代物ですが、しばらく我慢してください。本日午後には仕立て屋が参りますので、ヤマト様にぴったりのものを誂《あつら》えます」

「えっ、俺のために、一から作るんですか？」

「もちろんでございます。メリル王子として最初に人前に立つときはスタイン家の正装をお借りする予定ではありますが、普段着は何点か誂える必要があります。ここ王都は北方にあるスタイン自治領とは気候がちがいますから。靴は何足かお持ちしましたので、無理なく履けるものをお選びください。靴職人も午後に参ります」

靴と言われて見れば、サンダルだった。革製で、鼻緒はないタイプ。涼しそうだ。これもオーダーメイドするらしい。そんなにお金をかけてもらっていいのかな、と心配になる。

「お顔には仮面をつけるということなので、そちらの職人は昼前には到着することになっています。仮面が出来上がる前に、こちらの普段着で素顔のままこの部屋からお出にならないよう、お願いいたします」

その言い方だと、別の服を着てなら外に出ていいように聞こえる。大和の存在は秘密ではないのだろうか。

「部屋からお出になりたいときは、こちらの服を着てください」

広げられたのは、いまフロリオが着ているものにそっくりだった。ただし、サイズは小さい。

「侍従専用の服です。これを着て、こちらの布で頭を覆ってください。黒髪を隠し、見習いの侍従だと言えば、だれも疑わないでしょう。ヤマト様のような漆黒の髪は、レイヴァース王国では珍しいのです。スタイン自治領では人口の三割くらいが黒髪のようですが、癖のない直毛はさらに少なくなります」

まだこの世界の人を数人しか知らないが、たしかにみんな癖毛かもしれない。アリソンの金茶の髪もふわふわした感じだし、フロリオは言わずもがな、だ。

「侍従の所属を訊ねられたら、わたくしの名前を出してください。侍従長直属の見習いならば、陛下の居室に出入りしていてもおかしくありません。ですが、王城は広いので、迷子にならないようお気をつけください」

「わかりました」

「できればヤマト様には、あまり出歩いてもらいたくはありませんが、陛下の居室に軟禁するつもりはありません」

ですよね、みたいにフロリオがアリソンを振り返る。窓を開けて、置いてあった陶器の入れ物の蓋を取り、アリソンは中身を窓の外にパラパラと撒《ま》きはじめた。どうやら小鳥に餌をあげているようだ。毎朝の習慣なのだろう。

「ヤマト、君の存在は極秘だ。君の正体が知られたら命の危険があることは嘘《うそ》ではない。だがいつまでこの事態が続くのか、いつどうやって解決するのか、私にはわからない。そのあいだずっと君をここに閉じこめておくのは、良いことだと思えない。だからある程度の自由は許すことにする。その点については、細心の注意を払ってもらいたい。私には君を召喚したことについての責任がある」

集まってきた小鳥をしばらく眺めたあと、アリソンは窓を閉めた。大和を見て、ニコッと笑う。

「とはいえ、服を変えて、黒髪を隠せば、たぶん大丈夫だろう。メリルの顔を知る者はごく少数だし、君を召喚したことを知る者など、さらに少数だ」

昨夜、あの場にいた者たちだけ、ということだろう。

「それに、生まれてはじめて王都に来た、成人したばかりの十六歳のメリルが、馬車の事故で心身ともに傷つき、離宮にこもって姿を見せなくとも、おそらくだれも不審には思わない。だが、いろいろな事情を鑑みても、君に自由を与えるという話は、私たちだけの秘密にしておいた方がいいだろう。君は元々この世界の者ではないからね」

そんなふうに突き放されたような言い方をされると、大和としては「それはないいんじゃないの」と文句を垂れたくなる。今後の面倒を見てくれるって言ったくせに。

「君を私の部屋で寝起きさせる最大の理由は、安全のためだと大臣たちに言ってある。部屋を出る自由を与えたなんて知られたら、君をここから移せとうるさく言われるに決まっているからな」

では王城内を散策するとき、彼らに出会わないよう用心した方が良さそうだ。

「あの、でも……」

「なんだい？」

「大臣たちに嘘をついてまで——というか、大袈裟《おおげさ》に言ってまで、俺をこの部屋に置いておきたいのは、なぜですか？」

純粋な疑問だ。そうした方がアリソンにとって都合がいい事情があるならば、口裏合わせ的にも知っておきたいと思って聞いたのだが——。

「なぜ、って……そんなの決まっているだろう。君があまりにも可愛いから、そばに置いておきたいなと思っただけだ」

あっさりと告げられて、大和は聞き流してしまうところだった。

可愛い？　この人、可愛いって言った？

「ヤマトの平坦な顔立ちがまず良い。目尻がすこしだけ上がっているのも色気があって良いね。細い鼻と小さな唇。小柄な体格も良い。私の腕の中にちょうど入る大きさだから、抱いて眠るのに最適だろう。細い腰と小さな尻は、頼りなさ気で庇護欲をそそる。臆することなくまっすぐに私を見つめる黒瞳にはドキドキする。その瞳からは、純真で無垢な君の心が垣間見えるようだ」

「…………」

この王様はいったいなにを言っているのだろうか。平坦な顔立ちが良い？　小柄な体格が良い？　純真で無垢って——十八歳の男として、そして役者志望の者として貶《けな》されているような言葉の数々だが、もしかして褒めてくれているのだろうか？　良いってことは、気に入ってくれたのか？

「ダートには褒美をやらなければならないな。こんなに可愛らしくて構い甲斐がありそうな男の子を召喚してくれたのだから」

アリソン以外の人がここまで並べ立てていたら一発ぶん殴りたくなっていただろうが、この人が相手だとそこまで腹が立たないのはなぜだろう。

「まあ、もっとも毎日変わりばえがしない日々にすこしばかり飽きていたので、刺激が欲しかったというのもある。メリルの安否は気がかりだが」

ふふふ、と含み笑いをしたあと、アリソンは「フロリオ、ヤマトの着替えを頼む」とさっさと寝室を出て行ってしまった。

「さて、こちらに着替えていただきましょうか」

「あ、はい」

ハッと我に返って、大和は寝間着のボタンを外しはじめた。ひとつひとつが貝殻でできているボタンは、はっきりいって扱いにくい。もたもたとしていたら、フロリオが手伝ってくれた。

（あ、そうか。高貴な方は自分でやらないんだった）

お任せしようとしたが、寝間着をするりと脱がされて下着姿になってから、（パンツはどうする？）と慌てた。フロリオが脱がそうと手をかけたのと、大和が脱がされまいと押さえたのはほぼ同時。バチッと目が合った。

「…………あの、自分で替えます。というか、一晩寝ただけで、下着も替えるんですか？」

「王族の方は皆、そうされています」

「そ、そうですか。えっと、じゃあ俺も替えた方がいいってことですよね。わかりました、替えます。でも自分でやるので、離してもらえますか？」

お願い、と目で訴えたら、手を離してくれた。だが目の前から立ち去ってはくれない。仕方がないのでフロリオに背中を向けて下着を脱ぎ、差し出された新しいものを穿いた。尻が丸見えだが、前が丸見えよりはマシだと思おう。双月色とかいう不思議ネームがついたクリーム色のワンピースを着せられた。下半身がスカスカするが、気温が低くないので寒くはない。

「ひとつ、聞いてもいいですか」

「なんでしょうか」

「俺はずっとこの部屋で寝起きするんですか？」

「陛下はそのおつもりのようです」

さっき、ふと疑問が浮かんだのだ。アリソンは大人の男の人だ。推定三十歳くらい。当然、妻帯して世継ぎの子をもうけているはず。家族はどこにいるのだろう。夫が異世界の人間、しかも男とひとつベッドで寝ることに対して、絶対になにか思うところがあるはず。

「あのー……王様にはお后様がいますよね。俺がここにいること、納得しているんですか？」

脱いだ寝間着を片付けていたフロリオの動きがピタリと止まった。

「陛下にお后様はいらっしゃいません」

「えっ、いないんですか？　あ、でも、子供はいますよね、きっと」

正式に結婚していなくても王という立場上、大奥のようなハーレムを作って女の人に子供を産ませるという話は、ありがちなのではないだろうか。

「お子様もいらっしゃいません」

いつも淡々と感情こめずに話すフロリオの口調が、

若干固くなったような気がした。触れてはいけない話題だったか。

まさか、あのパーフェクトに見えるイケメン王様が不能だとか、種無しだとか、そういう身体的な問題だろうか。

「お后様はいらっしゃいませんが、後宮には妾妃が現在五人いらっしゃいます」

「あ、そうなんですね。五人も……」

そりゃすごい。いや、少ないのか？　この世界の基準がわからない。

「ちなみに、全員女性です」

付け加えたフロリオを、ついまじまじと見てしまった。どういう意味？　と首を傾《かし》げ、あっと思いつく。

大和がそういう対象ではない、と言いたいのだ。

アリソンがまったく色っぽい雰囲気を出さないので心配していなかった。というか、頭になかった。いままで男からも誘われたことがあるのに、不思議といえば不思議かもしれない。だからこそ熟睡できてしまったのだろうが。

「では、こちらへ」

フロリオに連れられて、中庭に面した明るい部屋に移動した。掃き出し窓を大きく開け放し、テラスのようなところに直系一メートルほどの小さな円形のテーブルが置かれ、椅子は二脚だけ出されている。そのひとつにアリソンがすでに座っていた。すぐ脇に内務大臣のクレイトンが立っていて、なにやら話をしている。

朝の清々《すがすが》しい空気と光を浴び、アリソンが恐ろしく格好良かった。まるで一幅の絵画のような光景に、大和はしばし見惚《みと》れる。

「ヤマト、似合うじゃないか」

「スタイン家の色がお似合いです」

二人とも着替えた大和を褒めてくれた。おずおずと歩み寄る。もうひとつの椅子に座るよう促され、腰を下ろした。クレイトンは一礼して下がっていき、すぐに白いエプロンをつけた女性がワゴンを押してやってきた。茶器やカトラリーが乗っている。無言でそれらを大和とアリソンの前にセッティングしていった。

ティーポットから琥珀《こはく》色のお茶をカップに注いでくれる。紅茶に似た香りがした。小さな籠には丸いパンが山盛り、皿にはウィンナーのようなものと葉物野菜をソテーしたっぽいものがきれいに並べられている。別の籠には柑橘《かんきつ》系らしい果物が盛られていた。

テラスにアリソンと大和だけになった。いつのまにかフロリオもいなくなっている。アリソンの近くに取っ手のついた鈴が置かれているので、鳴らせばだれかがすぐに来てくれるのかもしれない。

「では、食べようか」

美味《おい》しそうな匂いがするが、すぐには手を出せない。にわかに緊張してきた。

「俺、王族の食事のマナーがわからないんですけど……」

「今朝はなにも考えずに食べればいい。食事の作法はメリルらしい振る舞いを覚えていく中で学んでいってもらうつもりだ。ほら、食べなさい」

籠からパンをひとつ取って、大和に渡してくれた。ほかほかと温かなパンをちぎって食べてみたら、びっくりするくらい美味しかった。そういえば昨日の昼以降、なにも食べていなかったことを思い出す。その他のものも素材のうま味を活かした調理方法で、すべて美味しい。食事内容に関しては、この世界と相性が良さそうだ。

夢中になって食事をしているうちに緊張を忘れた。皿の上のものをきれいに平らげたあとは、琥珀色のお茶をゆっくり楽しむ。テラスからは中庭の緑がよく見え、目に優しい。アリソンは毎朝こんなふうに寛いでいるのだろう。羨ましい。

そういえば、アリソンはいつもひとりで食事をしているのだろうか。だとしたら、ちょっと孤独だ。

「ヤマト、どうした？　もじもじして」

「あ、や、その」

「あまり可愛らしくもじもじされると、手を繋いで庭を散歩したくなってしまうじゃないか」

なんだそれ。よくわからない言い分だが、大和は顔が熱くなってしまった。

「き、聞きたいことがあって」

「なんでも聞いてくれ。君の疑問にはすべて答えよう」

「あの、王様は――」

「私のことは、人前では陛下と呼んでくれ」

「あ、はい、陛下」

「二人きりのときは、愛称のアリーでいい」

「えっ……」

冗談なのか本気なのか、アリソンはゆったりと微笑みながら大和を見つめ、身を乗り出してくる。直系一メートルくらいしかないテーブルだ。前屈みになると鼻先が触れてしまいそうになる。ドキッとさせられ、大和は上体を引いた。

「そんな、陛下をアリーだなんて呼べません」

「そうか？　君には呼んでほしいと思っているんだが。……まあ、そのうち呼んでもらおう」

いつか強引に呼ばされる日が来るらしい。なぜなのか、さっぱりわからない――でもないか。自分を気に入ってくれているようだから。

「それで、私に聞きたいこととは？」

「陛下はいつもおひとりで食事されているんですか？」

「客がいたら晩餐《ばんさん》会を開くことがあるし、妹の家族と三十日に一度は会食をするが、基本的にはひとりだ。私は妻を娶っていないので、家族がいない」

それが当然で、なんら不思議なことではない、といった表情だ。未婚であることをみずから話すのならば、アリソンにとってその点は地雷ではないのか。

「私の父はもういない。二年前に亡くなり、私が王位を継いだ。母は王都からはるか遠く、スタイン自治領に近い山の裾野にある離宮で療養生活を送っている。もう二十年近くになるかな。きょうだいは、妹がひとりいる。クレイトンの息子と結婚して一男一女をもうけ、王城の中の離宮に住んでいる」

ではクレイトンは王妹の義理の父というわけか。

「ひとりで食事をするのは寂しいと思ったのか？」

「いえ、あの、その………すみません」

「特に寂しいと思ったことはないな。十代半ばに母が王城から去り、二十歳のころに妹が結婚した。それからずっとひとりだ。静かに食事に集中できるし、気楽で良い。でも、やはり私は寂しかったのかな。こうしてヤマトと二人でテーブルを囲んだら、いつもの食事がとても美味しく感じられた。君の存在がそうさせたのかもしれない」

ふふふ、とアリソンが微笑んできて、大和はまたもや顔が熱くなってくる。まるで口説き文句だ。

なにか言わなければ、と焦るが最適な言葉がなにも浮かんでこない。冗談でもそんな甘い言葉を俺に吐いちゃダメですよ的な、気の利いた返しをしたいのに。

「失礼します」

絶妙なタイミングで、フロリオが白いエプロンの女性を伴って部屋に入ってきた。思わず安堵《あんど》の息をつく。

女性がテキパキとテーブル上の食器を片付け、ワゴンに収納していった。それを押して退室すると、フロリオがファイルのようなものから紙を取り出し、アリソンに渡した。当然のことながら、書かれた文字は意味不明で大和には読めない。

「陛下、これがヤマト様の教育に関する日程です。本日の予定は、このあと靴職人が参ります。陛下は執務室にて公務。採寸はわたくしが立ち会います。それが終わりましたら、仮面の制作を依頼した彫刻家が参ります。今日は顔の型を取るようです。細かい意匠について、近いうちに陛下のご意向を伺いたいとのことです。午後はメリル王子の侍従ガッティがスタイン自治領に関する歴史等の教師として、こちらに来る手はずになっております。そして明日はこのように——」

大和の王子化レッスンスケジュールが立ったようだ。いよいよはじまるのか、と大和は気分が高揚してきた。

役作りのために、新しいことを学ぶ。いままでやりたくてもやらせてもらえなかったことに挑戦するのだ。楽しみで、早く午後にならないかなと、待ちきれない気持ちになってくる。

不思議なもので、世界が明るく見えた。元いた世界と空気がちがうのか、太陽がちがうからそう見えるのか——。どちらでもいい。どうでもいい。些末《さまつ》なことだ。

とにかく、みんなの期待に応えるために、ひとつひとつ確実に学び、一歩ずつ前に進んでいこう。大和は、そう決意を新たにしていた。


足の採寸を、大和は初体験した。紙テープで足の長さや幅、甲の高さを丁寧に測られた。

普段用、正装用、略式用など、いくつか誂える予定らしい。王室御用達の職人が採寸を済ませて帰るまで、フロリオがずっとそばにいた。

その後、仮面を作る担当の男が来た。本来は彫刻を専門とする芸術家らしい。顔の上半分だけを覆い、口は露にするデザインになると聞いてホッとした。顔全部を覆う仮面だと息苦しかったり暑かったりしないかな、と心配だったので良かった。簡単な型を取り、帰っていった。

それだけの用事を済ませたところで昼になってしまい、執務室に出勤していたアリソンが居室に戻ってきた。一緒に昼食を取ろう、と笑顔で提案されたら「はい」と頷くしかない。

昼食はサンドイッチだった。朝食に出た美味しいパンに切り込みが入れられ、たっぷりとハムや野菜が挟まれている。どうやって食べるのだろう、とアリソンの様子を窺っていたら手づかみしていたので、大和もそれに倣った。これも美味しかった。今朝からお腹いっぱいに食べている。こんなにしっかり食事をしたのは、何年ぶりだろう。それに、朝食に引き続き昼食でもだれかと食卓を囲むのも――。

母親はお世辞にも家事ができる人ではなかった。大和がテレビを見ながら出来合いのものを食べていると、母親はスリップドレスの上にコートを引っかけて仕事へと出て行く。そんな毎日だった。

テレビドラマの中の家族団らんなど、仮想現実だと思っていた。大和はそんな食卓を、一度も経験したことがなかったからだ。自分の父親がだれかもわからない。ときどきやってくる母親の恋人は、みんなろくでもない男ばかりで、大和にいたずらしようとした奴もいた。

「ヤマト、どうした？」

アリソンに気遣わし気に顔を覗《のぞ》きこまれ、我に返る。すこしぼうっとしていたようだ。なんでもないです、と食事を再開する。

「いま思いついたんだが、仮面に宝石を埋めこもうか。会う者の視線がそこに集中すれば、君の顔にあまり注意が行かなくなるかもしれない。顔にケガをした気の毒なメリル王子に、私が贈ったと言えば、みんな納得するだろう」

「宝石ですか。もし落としたらと考えると怖いです」

「大丈夫、落ちないようにしっかり埋めこんでもらうから。それにもし落ちたとしても、私は君に弁償しろだなんて意地悪を言うつもりはないよ」

言われても弁償なんて不可能なのだけど。大和は正真正銘の一文無しだ。アリソンは楽しそうにクスクスと笑うが、大和は頬を引きつらせただけで笑えなかった。

彼は食事を終えると「またね」と風のように去っていき、入れ替わるように若草色の服を着た小柄な男がやってきた。昨夜会っている、メリル王子の侍従だというガッティだ。

スタイン自治領の人々は、レイヴァース王国の人よりも小柄なのかもしれない。メリル王子は百七十センチそこそこの大和と背格好が似ているというし、ガッティも同じくらいしかない。三十代半ばくらいのガッティは見た目も態度も控えめで、いかにも裏方の仕事をしています、といった雰囲気だ。

「あらためてご挨拶いたします。わたくしはスタイン家に代々侍従として仕えております、ガッティ家の嫡男、イジドアと申します。本日からよろしくお願いいたします」

「こちらこそよろしくお願いします」

恐縮する大和に、ガッティは力なく微笑む。仕える主人が行方不明なのだ。さぞかし心労が溜《た》まっていることだろう。

大和が講義を受ける場所は、アリソンの書斎だった。ここは代々の王様だけが使う私的な空間らしい。壁一面が作りつけの本棚で、大小さまざまな本がびっしりと収蔵されている。大きな脚立が壁際に立てかけてあり、こんな場所が現実にあるんだ、と感動した。

王の書斎なんて、恐れ多い場所に庶民が入ってもいいのかと大和がビビると、フロリオは「陛下がお決めになったことです」とあっさり。

「ここにはめったな者は近づきません。許されていないのです。ヤマト様の秘密の訓練場としては最適だと、わたくしも考えます」

そういうことなら仕方がない。大和はおなじようにビビッているガッティとともに書斎の椅子に腰かけた。フロリオは退室することなく、声が聞こえる距離にそっと控えている。今日はとりあえずスタイン自治領の歴史をさらっと勉強するらしい。テーブルを挟んで座ったガッティが持参してきた地図を広げた。以前見せられたレイヴァース王国のものではない。

「これがスタイン自治領です」

山脈と思われる絵が地図の半分くらいを占め、そこに沿うようにしてL字型の点線が引かれている。

「我々は、元は山岳民族です。五つの少数民族から成り、現在の形になったのは二百五十年前。小さな抗争と話し合いを経て、最も力のあった部族の長であるスタイン一族が統領を務めることになりました。その数十年後、レイヴァース王国に戦争を仕掛けられ、我々は大国の武力に対抗しきれず、あっというまに攻め入れられました。当時の統領は争いで民の血が流れるのを好まない方だったので、かなり早い段階で降伏したと聞いております」

自衛のための武器は持っていたが、明確な軍隊はなかったらしい。抵抗しようにもできなかっただろう。

「レイヴァース王国に土地を支配され、山の恵みを根こそぎ奪われ、民は連れていかれ奴隷として扱われると覚悟していたそうですが、そうはなりませんでした。宗教や文化の違いから、自治を認められることになりました。支配しきれないと思われたようです」

「そんなになにもかもが違っていたってことですか？」

「宗教の違いは大きいものです。レイヴァース王国をはじめ山脈向こうのアンブローズ王国と周辺の小国のほとんどは、太陽を神とする宗教を信仰しています。ですが我々は、二つの月を神とする独自の宗教を信仰しています」

　大和は思わず自分が着ている服を見た。双月色と命名されているクリーム色。月を生活の中心とするなら、たぶん暦も変わってくる。そうすると文化もおのずと違ったものになるだろう。

「山岳で暮らす我々の先祖にとって、二つの月と夜空に瞬く星が道標《みちしるべ》だったのだと思います。月光が降り注ぐ場所にはすべて月の力が宿り、長い年月を経ると月の力が凝縮されて神格化すると信じられてきました。樹齢が数百年になる大木、どこから生まれたのかわからない巨大な岩、すべて双月神の分身が降りている――。そういった宗教です」

　日本人の大和にとって、共感できる考え方だった。いわゆる、万物に神が宿るという、八百万《やおよろず》の神的な発想だろう。一神教ではない。

　レイヴァース王国は、彼らを改宗させようとは思わなかった。なぜだろう。

「改宗を考えなかったのは、そこまでして我々を支配しても、得られるものがあまりないと判断したからだと思います。お恥ずかしい話ですが、我々の土地は険しい山ばかりで、これといった産業はありません。高地でヤギやヒツジを飼い、乳と羊毛を取ります。わずかな平地に畑を作って作物を得るくらいです。レイヴァース王国にとって、国土を広げるという意味以上に魅力はなかったのだと思います。当時は、山からの雪解け水が豊富なので水車を回し、脱穀を請け負うくらいしか外貨を稼ぐ方法はありませんでしたから」

「いまは、もっと別の産業があるんですか？」

「えっ？」

ガッティがぎくっとしたように顔を上げたので、大和の方が驚いた。

「当時は、とか、ありませんでした、とかって過去形で話していたので、いまはあるのかな、とふと疑問に思っただけですけど……」

「ありません。あるわけないでしょう。スタイン自治領は、本当に貧しい土地なのです」

取り繕ったようなガッティの苦笑いに、大和も曖昧な笑みを返した。かすかに違和感を抱いたが、気のせいだろう。

「話を戻しましょう。レイヴァース王国は我々に自治を認めましたが、友好の証として統領一族の者をひとり、王都に移らせるよう求めてきました。つまり人質です。以来二百年間、自治領の領主の近親者が、この都に来るという約束は守られ続けてきました」

そして今回は前領主の妹と交代するために、メリルが来ることになっていたわけだ。

「この人質の約束は、民たちにとっては他人事です。自分たちの身内がいつ帰れるかわからない旅に出てしまうわけではないからです。たったひとり、スタイン家の者が犠牲になるだけです。レイヴァース王国はその見返りもくれます。子供の教育や医療関係に、資金の援助をしてくれています」

予算の分配はしているんだ、と大和はここで知った。

「ですが、わたくしは代々スタイン家に侍従として仕えてきた家の出身です。あの方たちの苦悩をずっとこの身で感じてきました。わたくしの父も侍従でしたが、常々、嘆いておりました。たったひとり、家族と引き離されて異国へ旅立たなければならない方がお可哀想《かわいそう》だと。どれだけお寂しい思いをしておられるのかと」

　ガッティは突然、両手で頭を抱えた。低い呻き声を漏らしている。

「メリル王子は、相当の決意でここまで来たのです。それなのに、いまごろどこでなにをしておいでなのか……。ご無事なのでしょうか……。こんなところで、もし王子の身になにかあったら……」

　ガッティは感情を高ぶらせ、涙ぐんでいるようだ。誠心誠意、主家に仕えてきた者にとって、いまの状態がどれほどの苦痛を生むのか、大和には想像でしかわからない。下手な言葉はかけられなくて、困ったな、と大和はフロリオをちらりと窺う。

「休憩にいたしましょうか」

　そう言ってくれて、大和は安堵した。目の前で自分よりずっと年上の男が泣き出すなんて、演技でもないのにどうすればいいのかわからない。

　ガッティはいったん退室していった。お茶休憩のあと講義を再開する予定だったが、ガッティの精神状態が良くないということで、続きは翌日ということになった。


　初日はたいした勉強をしなかったが、すべてが初体験だったせいか疲れを感じて、大和は夕方にすこし眠ってしまった。

　居間の長椅子に腰かけ、窓から庭を眺めていたら、いつのまにか体を倒してぐっすり寝入っていたのだ。フロリオが大和にそっと膝掛けをかけてくれたことにも気づかなかった。

「――それで、どうした？」

「続きは明日ということになりました」

「メリルが見つからなくて責任を感じているのだろう。無理をさせずに、気遣ってあげてくれ」

「わかっております」

話し声が耳に届いて、ふっと意識が浮上した。薄く目を開けると、アリソンが部屋の中にいる。フロリオと話をしていた。内容から、ガッティのことかな、と思った。

「私の方は、クレイトンに叱られたよ。ヤマトと一緒に寝たことがバレてしまってね。王の居室に入れただけならまだしも、寝台に引っ張りこむとはなにごとですか、とすごい剣幕で」

「どうして知られてしまったのですか？　侍従のだれかが漏らしたのなら、大問題ですが」

「私が聞かれるままについポロッと……」

「陛下、笑っている場合ではありません。ついポロッとこぼしてしまってはまずい類の内容です」

「そうかな」

アリソンが愉快そうにふふふと笑い、フロリオがため息をついている。やはり王様のベッドで大和が一緒に寝るのは外聞がいいことではないのだろう。

「だがヤマトには命の危険があるから寝室を別にすることは考えていないと言っておいた。なにか聞かれたら、おまえも話を合わせておいてくれ」

「陛下……」

フロリオがちょっと困った顔になっている。王様のわがままは通ってしまいそうだ。大和は今後もアリソンと寝るのだろう。恐れ多いことだとわかっていても、あのベッドの素晴らしい寝心地は、一度味わったら手放せない類のものだ。あれはきっと王様用の特別製にちがいない。役得と思って、アリソンの好意に甘えたかった。

「クレイトンの頭は固いのか柔らかいのか、わからないと思わないか」

「そうですね。どうでしょう」

これではまるで狸《たぬき》寝入りの盗み聞きなので、大和は目覚めたことを知らせるために上体を起こした。すぐにフロリオが気づいてくれる。

「ヤマト様、お目覚めでしたか」

「こんなところで居眠りしてしまってすみません」

「いえ、大丈夫ですよ。ヤマト様、喉が渇いているのではありませんか？　なにかお飲みになりますか」

「だったら私と一緒にお茶の時間にしよう」

アリソンが勝手に決めてしまったが、大和に反対する理由はない。

すぐに女官が呼ばれ、テラスのテーブルにお茶の用意が整えられる。そこで大和は、美しい中庭に夕日が差していく様を、アリソンとともに堪能したのだった。

◇◇◇

スタイン自治領に向かわせていた早馬が、七日で王都に戻ってきた。異例の速さと言えるだろう。

執務室で文官から親書を受け取ったアリソンは、ついまじまじと蠟封《ろうふう》が施してあるそれを見つめてしまった。

「七日で往復したのか。使いの者は大丈夫だったのか？」

「往路はいつも通り五日かけたようです。復路を二日で駆け抜けたのはスタイン家に仕える者で、寝る間も惜しんで馬を飛ばしたそうです。王城の門をくぐったとたんに力尽きて落馬したらしく、いま医務室で手当てを受けていると聞きました」

「十分に労《ねぎら》ってやってくれ」

かなり無理をして馬を飛ばしたようだ。それだけ今回の件はスタイン家を慌てさせたということだろう。ふと思いつき、文官を呼び止めた。

「隣のアンブローズ王国では、魔道による通信手段があると聞いた記憶があるんだが、本当か？」

「はい、本当です。わが国ではずいぶん前に途絶えてしまった魔道が、アンブローズ王国では現在でも利用されているようです」

「どういったものだ？」

「魔道を施したものを複数個用意し、それを携帯している者同士は会話ができるとか。わたくしも実際にそれを使用している場面を見たことがないので、伝聞ではありますが……」

「そんな魔道があるのか」

「それがなにか？」

文官が困惑した様子を見せたので、アリソンは下がっていいと退室を促した。

もし、いまその魔道があれば、スタイン自治領との意思疎通がもっと迅速に行えるのでは、と思ったのだが――。

隣国のアンブローズ王国とは、ほとんど国交がない。関係が悪くなって絶縁したわけではなく、必要としなくなったので、自然消滅したようなものだ。祖父の代には、すでにそうなっていたらしい。

隣国の魔導士は、一度開発した魔道を失わないよう、次世代にしっかりと受け継いできたのだろう。

だが、こちらの魔導士が不勉強だったわけではない。魔道の発達は、戦争と密接な関係がある。平和になり、かつての技術は必要とされなくなった。ただそれだけのことだ。

しかし、こうした非常事態が起こると、あった方が良かったと思われる魔道もある。

正魔導士を留学させて、こちらの国で失ったものを学ばせるのが一番早い方法だが、そうするにはまず国交を回復させなければならない。

アンブローズ王国で産出される良質な宝石を取り扱う一部の商人だけが、国境を渡っていた。彼らから隣国の様子は漏れ聞こえているので、いまだれが王座に就いているのか、国情は安定しているのか、といった話は耳に入っている。

今回、異世界から勇者を召喚するという方法を取ったのも、アンブローズ王国を真似たものだ。隣国にどんな問題が起きたのか詳細は知らないが、勇者を召喚して解決したと聞いていたので、こちらも挑戦してみた。おかげで、大和という魅力的な少年に出会えたわけだ。

アリソンはペーパーナイフで封筒を開け、領主直筆の手紙を読んだ。最初から最後まで、二度繰り返し目を通したとき、「陛下っ」と、クレイトンとイーガンが執務室に駆けこんできた。

「早馬がもう戻ったそうですが、本当ですか」

「本当だ。ほら、領主からの手紙だ」

アリソンがクレイトンに渡すと、イーガンと顔をくっつけるようにして手紙を覗きこむ。

「今回の件、スタイン家はまったくあずかり知らぬことと書いてある。早馬が七日で戻ってきたのは、動揺の表れだろう。親として息子の安否が心配だろうが、一言も書かれていない。自治権を取り上げられる可能性を憂いている」

「けしからん父親ですな」

イーガンが不愉快そうに顔を顰《しか》めるのを、クレイトンが「ここは理性的だと褒めるところだぞ」と咎める。領主には、メリルの代役を立てたことも伝えてあった。メリルの失踪が公にならないことを望むのは領主もおなじようで、感謝の言葉が並んでいる。

「陛下、メリル王子がこのまま行方知れずになった場合、あるいは亡くなっていた場合、第二王女を人質としてこちらに送り出すつもりだと書かれていますが、たしか第二王女は先日婚約を発表したばかりなのでは」

「そうだ。嫁入りが決まっている娘を、それを破棄させて人質に差し出さなければならないとは、気の毒だな」

「気の毒だなどと、変な同情はしてはいけませんぞ、陛下」

アリソンが同情のため息をついたのが気に入らないようで、イーガンが鼻息も荒く「これはスタイン自治領の自業自得です」と言い切る。

「陛下はたった一通の手紙でスタイン自治領の疑いを消してしまうおつもりですか。甘い。それでは甘すぎますぞ」

「だが、私は現領主が非常に家族思いなのを知っている。息子と娘たちに愛情を注ぎ、恒久的な平和を望んでいるのも。私は現領主を最初から疑っていない。自分の子供たちを政治の駒にするような、非道な男ではない」

「陛下はお優しすぎます。人間にはだれしも二面性というものがあります。陛下がよくご存じな領主は、表向きの顔でしょう。裏の顔は非道で野望たっぷりの男なのかもしれませんぞ」

「そうとは思えないがなぁ」

アリソンは執務室の窓からはるか遠くにそびえ立つ山の峰を眺める。今日は雲が多いのか、晴天であればもうすこしはっきり見える山頂が、ぼやけていた。真夏でもところどころに雪が残る山脈を背にして、スタイン自治領の民たちは暮らしている。

元は山岳民族だった彼らは、いまも純朴で、山からもたらされる自然の恵みにささやかな幸せを感じながら肩を寄せ合って生活している。いまは厳しい冬を乗り越えるための準備に取り掛かっているころだろう。彼らは、多くを望まない。贅沢《ぜいたく》を好まず、家族を愛し、家畜を大切にする。日々の糧があればそれでいい。

領主一族も、昔ながらの生活を続けていた。そんな民たちに慕われてきた領主が、信頼を裏切るような企てをするだろうか。

「陛下、スタイン自治領には私の部下が何名も常駐しております。独自の調査で、領主一族の良くない噂を入手しております」

イーガンが声を潜めて耳打ちしてくる。しかし地声が大きい男なので、多少潜めても近くにいるクレイトンには聞こえているようだ。眉をひそめている。

「良くない噂とは？」

「私が先日から何度も訴えていることですよ」

つまりスタイン自治領はレイヴァース王国に対して二心あるということか。

「証拠はあるのか？」

「証拠など、いつでも揃えて提出することが可能です」

イーガンは鼻息荒く、言い切った。よほど自信があるようだ。だがアリソンは懐疑的だった。

「わかった」

「わかってくれましたか、陛下！」

「おまえが言いたいことはわかった、という意味だ。証拠が揃い次第、私に見せろ」

「かしこまりました！」

イーガンは喜色満面といった表情でさっさと執務室を退出していった。その後ろ姿を見送り、アリソンはひとつため息をつく。残ったクレイトンに「どう思う？」と意見を求めた。

「……かつてのイーガンとは、すこし様子が違うように思います。世襲で要職に就き、年功序列で大臣になったとはいえ、もっと思慮深い男でした。軽々しく自治領に罪があると陛下に進言するような人柄ではなかったと記憶しております」

「同感だ」

なにかあったのだろうか。イーガンの身に、性格を変えてしまうようななにかが。

「クレイトン」

「はい」

「調べてみてくれるか？」

クレイトンは黙って頷いた。アリソンに背を向けて退室しようとしたが、扉の前で振り返る。

「ところで、陛下」

「なんだ?」

「ヤマト様は変わらず?」

「毎日頑張っているぞ。さすが役者だと感心する。王子らしい立ち居振る舞いはだいたい覚えてしまった。それらしくできるようになってきたんだ」

にっこり微笑むと、クレイトンの目が三角になる。

「私が訊ねているのは代役としての訓練についてではありません。変わらず陛下と寝食をともにしているのか、という点です」

「しているさ。当然だろう。繊細そうに見えて、わりと神経が太いところがあるようだ。朝までぐっすり、熟睡だ。可愛いよ」

「やはり、伽《とぎ》をお命じに?」

「だからそういうつもりで部屋に置いているわけじゃない」

とはいえ、大和は可愛いから、彼の方から求められれば、男としていつでも応える準備はできている。

しかし、大和にその気はなさそうだ。

おそらく、大和はそうした経験がほとんどない。もしかしたら、まったくないのかもしれない。アリソンが優しく声をかけたり、不意に触れたりするだけで、大和は恥ずかしそうに頬を赤くする。最初は意識されているのかと思ったが、そうではないだろう。他人と距離を縮めることに慣れていないため、動揺しているのだ。

かといって、拒まれている雰囲気はない。いまのところ、懐かれている、と表現した方がいい空気だ。

「まったく、可愛らしくてたまらないよ」

初心《うぶ》な大和を、もっと懐かせてみたい。もっと距離を縮めて、アリソンがそばにいることに慣れていったら、彼はどう変化していくだろうか。

「楽しみだ」

ひさしぶりに、わくわくしている。

クレイトンが盛大なため息をついた。

「ヤマト様が来られてから、後宮の妾妃をまったく呼んでいないと聞いたのですが、本当ですか」

「そうだったかな？　彼女たちと過ごすより、ヤマトと一緒にいた方が楽しくてね」

この点に関しては、アリソンは嘘ではなく本当に忘れていた。そう言われてみれば、寝室に呼んでいない。大和がいるのだから呼ばないのは当然だが、妾妃たちの存在を一度も思い出さなかった。

「まあ、いいんじゃないか？　そもそも私は子供を作る予定はないし、彼女たちには癒しを求めていただけだ。いま私はヤマトで癒されている。満ち足りた毎日を送っているから」

「……そうですか」

クレイトンは諦めたような目になり、執務室を出て行った。

（ヤマトは、いまごろなにをしているのかな）

仕事の合間にふと思うのは、いつも大和のことだ。大和との時間を取るために、アリソンは執務を効率的に片付けられるよう工夫するようになった。文官たちはそれを歓迎してくれていて、意外なことに身近なところでアリソンの評判が微妙に上がっているのだ。もっとも、文官たちはアリソンが自分の部屋でこっそりと異世界から召喚した勇者を匿《かくま》っていることを知らない。

いまだ行方不明のメリルは心配だし、新たな人質としてやってくることになった第二王女は気の毒だが——。

アリソンの執務中はガッティが教育係をすることになっている。必ずフロリオが立ち会い、ガッティの言動に問題があれば報告するようにと命じてあった。

アリソンはメリルの失踪についてスタイン家を疑ってはいないが、領主を取り巻く人間たちを信用しているわけではない。メリルは家臣たちに騙されて宿から連れ出され、拉致監禁されているかもしれない――という可能性は捨てきれなかった。

「陛下、報告が遅くなってしまい、申し訳ありませんでした」

正魔導士のダートがやってきた。

ローブ姿の白髪の老人は深々と頭を下げ、フードの下からアリソンを見た。ひさびさの任務に若干の疲れは滲んでいるようだが、その双眸《そうぼう》には生気が満ちている。仕事を与えられたことが嬉しいのだろう。元気な年寄りだな、とアリソンは苦笑する。

「調査の結果はどうだった？」

「やはり魔道が使われたようです」

ダートはいつどのように魔道が働いたか、詳しい経緯を報告してくれた。

「まず、宿場町からメリル王子が消えた日、偶然にも近くを通りかかった正魔導士が、魔道を感じていました。おそらく、そのときメリル王子は姿を消したのでしょう。目撃者がいなかったのは、魔道によって瞬間的に移動させられたからだと思います」

「魔道の終着点は？」

発動を感じたのなら、終わりの地点も感じるはずだ。魔導士にはその能力があると聞いている。

「わかっておりません」

「わからなかった？　なぜだ？」

「申し訳ありません。ですが、陛下、我々にも不可能はあるのです」

「まあ、そうだろうな。魔道が使えるといっても人間なのだし」

「いえ、そういうことではなく、使う魔道の種類が違うと、解析不能に陥るのです」

「魔道の種類？」

ダートがゆっくりと頷く。その真剣な目に、アリソンはこの老人がなにか摑んだのだ、と察した。

「つまり、どういうことだ？」

「我々は、太陽神を唯一神として信仰しております。ご存じだと思いますが、使う魔道は信仰を元にしておりますので、太陽の力を借りて発動させます」

「そうだったな」

「隣国のアンブローズ王国も同様です。ですが、信仰する神が違うところでは、魔道もまた違った種類のものが使われるのです」

ダートがなにを言いたいのか、アリソンにもわかった。つまり、今回のメリル失踪に関係する魔道は、この国の魔導士の仕業ではない、ということだ。

「おそらく、双月神を信仰する地域の魔導士が関わっております」

すなわちスタイン自治領だ。アリソンは思わず目を閉じた。


領主を信用していたが、裏切られたということだろうか。いや、領主を取り巻く人間が、謀反を企てたのかもしれない。

領主の人の良さそうな笑みが、アリソンの記憶に鮮明に残っている。もしかしたら、自分はスタイン家に家族としての理想を抱いているだけなのかもしれない——と、思わないでもないが……。

「ダート、双月神を信仰する者はそう多くない。スタイン自治領を中心とした、北西地域に住む者たちだ。その中で、そこそこの腕を持つ魔導士となると、限られてくるだろう。引き続き調べてくれるか？」

「かしこまりました」

ダートが静かに退室していくのを見送らず、アリソンはまた窓から遠くの空を眺めた。

魔導士は基本的に依頼を受けて仕事をする。メリルを拉致した魔導士が見つかり、いったいだれの依頼を受けたのかわかれば、事態は解決に向かうだろう。メリルが無事であるのを願うばかりだった。

◇◇◇

仮面をつけ、王子になりきって、部屋の端から端まで歩く。フロリオに引いてもらった椅子に、ゆっくりと腰かけた。背筋を伸ばして正面を向いたところで、見守っていたアリソンが拍手をしてくれた。

「素晴らしい、ヤマト。メリルらしくなってきた。いや、もしかしたら本物よりも王子らしいかもしれない。よく頑張ったな」

「ありがとうございます」

褒めてもらって嬉しくないわけがない。小躍りしたいくらいだったが、大和は王子らしく控えめに目を伏せた。顔につけている仮面が邪魔だったが、はじめて装着してみたときよりも違和感が薄れてきている。何事も慣れだ。

「ヤマト様はスタイン地方についての学習も進んでいます。ちょっとした雑談の中でスタイン自治領のことを聞かれても、差し障りはないでしょう」

フロリオに太鼓判を押された感じになり、大和は照れ臭くて顔を伏せた。

たしかにスタイン自治領については詳しくなった。ガッティが事細かに地理や歴史、親族の名前と関係性について講義してくれたおかげだ。宗教の違いもよくわかった。スタイン自治区は月の満ち欠けを基準にした暦を使用していて、その他の国は太陽の動きを元にしている。つまり太陽暦で、こちらは大和に馴染みがある暦とほぼ一致していた。一時間は一刻と表示されるが、たぶん似たような長さで、一日は二十五刻。一年は三百六十日。一ヶ月という区切りはない。

季節はあるが、地方によって寒暖の差は激しく、レイヴァース王国の王都は南部に位置するため夏が暑く、冬は涼しいていどで雪は降らない。だがスタイン自治領は王都よりかなり北に位置し、夏でも山頂付近には雪が残る山脈を背にしているので、夏は涼しいくらいであまり暑くなく、冬は雪に閉ざされる。そのため、いまの季節は冬支度に追われて忙しいらしい。大和は日本の北海道や東北、北陸地方の冬を思い浮かべて、リアルに想像しながら講義を聞いた。

「よし、これならもう人前に出しても大丈夫だ。延期になっていた歓迎の会を三日後に開こう」

「三日後ですか」

いきなり日程を決められて、大和は戸惑った。

歓迎の会というものが延期になっていることは知らされていた。新たな人質が来たら、国の重鎮と国内の主だった貴族たちを集めて紹介するのが慣例らしい。表向きは友好のための使者なのだから、それは当然だろう。これから何十年にもわたって、この国で暮らすのだ。

「君には最初に挨拶をしてもらうことになる。文言はこちらで考えるから、ヤマトはそれを暗記して、王子らしく声に出せるように練習してくれ」

「わかりました」

大和が頷くと、アリソンがそっと仮面を外してくれた。

「今日の訓練はこれで終了にしよう。ヤマト、侍従の服に着替えておいで」

「侍従の服ですか？」

「せっかく用意したのに、まだ一度もこの部屋から出ていないらしいじゃないか」

「庭には出ています」

「でも王城の中は歩いていないだろう？」

チャレンジしてみようと廊下に出たことはあるの

だが、護衛の騎士が二人、ぴったりと背後にくっついてきて、早々に戻った。安全に配慮するといっても、騎士に守られている侍従見習いなどいないだろう。

それに、だれかに案内してもらわないと迷子になりそうだった。廊下ごとに特別な目印があるわけではなく似たような景色ばかり。案内役をだれかに頼みたくとも、大和の事情を知っている侍従や女官の数は少なく、みんな忙しそうで頼み事はできない。

結果的に、ちょっとだけ中庭に出て外の空気を吸うくらいに留まっていた。

「私が案内しよう」

「陛下が、ですか？」

意外な提案に、大和は目を丸くした。王城の主《あるじ》がみずから案内してくれるなんてすごいことだし、護衛の騎士がいても不思議ではない。

「私はここで生まれ育った。だれよりも詳しいと自負している。私よりも適した案内役はいないだろうな」

「ありがとうございます。嬉しいです、陛下」

きっと頬が紅潮しているだろうと思うほど、気持ちが高ぶった。アリソンが手を伸ばしてきて、大和の頬にそっと触れてくる。優しく撫でられて、余計に頬が熱くなった。こんな反応をしてしまう自分が不思議でならない。恥ずかしさと緊張と、あとなにかわけのわからない胸の高鳴りに、体温が急激に上がる感じがした。

アリソンがじっと見つめてくる、その瞳を、まっすぐ見つめ返すことはできなかった。

この世界に来て、最初のころは視線を合わせることができていたはずなのに、日に日に難しくなっている。なぜなのか、わからないから、直すことができないでいた。

「ヤマトはなかなかアリーと呼んでくれないな」

「すみません……」

アリソンは愛称で呼ばせようとするが、そう簡単にできるものではない。他人との距離の縮め方を知らない大和には、高すぎるハードルだった。しかも相手は一国の王だ。

とにかく着替えてくるように言われ、大和は寝室に引っこんだ。その奥には衣裳部屋があり、大和の衣類も隅に置かせてもらっている。アリソンを待たせてはいけないと、できるだけ急いでクリーム色の服から若草色のそれに着替えた。鏡を見ながら、黒髪を隠すためショールを頭に巻く。何度か練習したので、すぐにできた。居間へ戻ろうと、重いドアをよいしょとほんの少し押し開けたタイミングでフロリオの声が聞こえた。

「ヤマト様を、陛下みずからが王城内をお連れになってはいけません。絶対に目立ちます。案内はわたくしがいたしますから、今日のところは――」

「私はヤマトと城内を散歩したいだけだ」

「ヤマト様の存在は秘密なんですよ。陛下が連れて歩いたら、間違いなく注目されてしまいます。いくら侍従の服を着ていても、お二人の親密さはただの主従ではないとわかってしまいます」

「そんなに私とヤマトは仲良く見えるか？」

「仲良くとは違います。陛下がヤマト様を特別扱いしているのがわかると言っているのです。一介の侍従に、陛下はいままでそんなふうに親しく接したことはありませんから」

「……そうだったか？」

「そうです」

フロリオが必死になって散歩中止を訴えている。浮き足立っていた気持ちがしゅんと縮んでいった。

「陛下、ヤマト様の教育はずいぶんと進みました。ご本人の努力と、陛下とガッティの指導が実を結んだのです。メリル王子の代役はもう十分にこなせるでしょう。このあたりで手を離されてはいかがですか」

「……なにが言いたい？」

「陛下があまりにもヤマト様に気持ちを奪われているように感じられるので、わたくしはすこしばかり危惧しております」

「なにを危惧する必要がある？」

「後宮からご機嫌伺いの文《ふみ》が頻繁に届いているのではないですか？」

フロリオの指摘に、アリソンは無言だった。後宮と聞き、大和はそういえばと思い出す。たしかアリソンは妾妃が五人いると言っていた。大和がここに来てから、アリソンは一夜たりとも留守にしなかったはず。

（ということは、陛下は妾妃のだれとも会っていなかったってこと？）

真っ昼間に後宮へ出かけていたら別だが、仕事が早く片付いたと言っては、アリソンは居室に戻ってきて大和とお茶を飲んだり、大和の勉強を見てくれたりしていた。後宮へ渡る暇はなかったように思う。

「妾妃の方々は、ヤマト様のことをご存じではありません。いきなり呼ばれなくなったら陛下の体調を案ずるのは当然です。このままでは陛下のお体になにかあったと、後宮から悪い噂が立ちかねません。変わらずに健康であること、執務に変化はないことを知らしめるためにも、いままでよりも頻度を落として構いませんので、ぜひ妾妃と夜をお過ごしください」

アリソンの返事が聞こえてくる前に、大和はドアを閉じた。聞きたくなかった。フロリオの進言を聞き入れて、後宮へ渡ると返すアリソンの声なんて。

心臓が嫌な感じにドキドキしている。さっきまでの喜びの胸の高鳴りとはぜんぜんちがう。てのひらには冷たい汗が滲んでいた。アリソンが妾妃と寄り添っている光景を想像してしまい、喉の奥に重い石が詰まったような苦しさを感じた。

アリソンは一国の王だ。後宮を持ち、妾妃を何人もそこに住まわせているのは、なんら不思議なことではないと頭では理解できていても、感情の面ではもやもやとして納得しきれない。これは独占欲だろうか。ずっと大和がひとりじめしていたようなものだから、アリソンが妾妃の元へ行くのは嫌だと思ってしまうのだろうか。

胃のあたりがムカムカしてきて、大和はその場にしゃがみこんだ。

「ヤマト？」

扉が開いて、アリソンが入ってきた。「どうした？」と駆け寄ってきてくれる。

「なかなか戻ってこないから見にきたんだが、どうしたんだ？　気分でも悪いのか？」

肩を抱いて背中を擦《さす》ってくれるアリソンのぬくもりに、大和は泣きそうになった。心配してくれていることが嬉しくてたまらない。

「すこし横になるか？」

「いえ、大丈夫です」

のろのろと立ち上がり、深呼吸する。胸の中で渦巻く不可解で不快な感情を、ぐっと押しこめた。口元になんとか笑みを作り、アリソンを見上げる。気遣わし気に見下ろしてくれているこの人は、大和だけを構っていて許される立場にはいないのだ。優しくしてもらって、ひとつのベッドで寝起きしているからといって、勘違いしてはいけない。

「あの、お城の案内は、やめておきましょう。だれかに頼みます。俺、三日後の歓迎の会に向けて、もっといろいろと勉強しておかないといけないんじゃないかと思うので……」

「いまの話を聞いていたのか」

「いえ、あの……」

「フロリオの話を聞いていたんだな」

やんわりとだが断定されて、大和は仕方なく頷いた。立ち聞きなんて、行儀の悪いことをしてしまった。アリソンが不愉快な気分になるのは当然だ。

「ごめんなさい」

「なぜ君が謝る？　謝罪しなければならないのは私の方だ。つい気軽に君を連れて散歩に行こうなどと考えてしまった。君がひとりで出歩くのと私と連れだって出歩くのとでは意味が違ってくることくらい、深く考えなくともわかりそうなのに」

アリソンが苦笑いしながら大和の手をきゅっと握ってきた。大きな手だ。てのひらの皮が厚いことを、何度も触れられているから大和は知っている。アリソンは王太子時代に騎士として近衛隊に所属していたことがあるらしい。いまでも時間があるときに中庭で剣の素振りをしたり、護衛の騎士を相手に打ち合ったりしている。だから剣を持つ右手の皮は、すこしだけ固い。

「残念だが、王城の案内はフロリオの言う通り、侍従に任せよう。代わりといってはなんだが、中庭を歩こうか」

大和が頷くと、アリソンは繋いだ手をそのまま引いて歩き出す。寝室を出るとフロリオがひっそりと立っていた。二人のあいだにどんな会話がなされたか察しているような空気に、プロフェッショナルってすごいなと、単純に感心する。

外は良い天気だった。この庭は王の居室専用で、安全を考慮して高い塀で囲まれている。とはいえ、十分な広さと豊かな緑のおかげで窮屈さはまったくない。

大和はこの中での自由は許されていた。木陰にはベンチが置かれていて、そこでぼんやりするのが勉強に疲れたときの大和の過ごし方だった。この世界の歴史や文字、行儀作法を学ぶのは苦ではないが、集中したあとにはリラックスする時間が必要だし、元の世界ではこんなささやかな休憩すら満足に取れなかった大和にとったら、贅沢すぎるひとときなのだ。

「この椅子がヤマトのお気に入りだと聞いている」

木製のベンチにアリソンが座った。手を引かれ、大和も隣に腰を下ろす。繋いだ手はそのままだった。

なんとなく黙って座っていると、やがて小鳥が寄ってきた。毎朝、窓から餌をあげるアリソンを覚えているのだろう。チチチ、と小さく鳴きながらアリソンの足元に降り立つ。そのうち膝や肩に乗ってきた。アリソンの微笑みと柔らかな木漏れ日がマッチしていて、やっぱり、芸術のような美しさだ。大和はこっそりと鑑賞した。

「おまえたち、餌はないよ。なにも持ってきていないから」

申し訳なさそうに小鳥たちに言うアリソンから、大和はゆっくりと視線を逸らす。言うならいまだと思った。なんでもないふうに、さらりと――。

「あの、陛下、さっきの話なんですけど」

「さっきの話？　どれのことだ？」

「フロリオさんの話で……」

緊張して唇が渇く。こんなことを言ったら不敬に当たるのではないかと思うが、ひとこと伝えておきたかった。

「陛下が後宮に行っていないってことを言っていましたが――」

「ああ、そのこと。ヤマトが気にする必要はないからね」

「でも俺が来てから一度も行っていないって……。あの、俺のことは放っておいてくれていいので、後宮へ行ってください。一晩くらい、いや、二晩でも別に俺はひとりで過ごせますから、平気ですから、ぜんぜん、まったく、気にせずにどんどん妾妃さんたちのところへ行ってあげてください」

「んー………でも私は行きたいと思っていないんだ。すっかり忘れていたというか、その気がなくなってしまったというか」

「忘れていた？」

「彼女たちの存在を忘れていた。君と一緒にいる方が楽しくて」

にっこりと邪気のない笑顔を向けられて、大和は唖然としてしまった。妾妃たちはきっと美姫《びき》ばかりだろうに、この王様はなにを言っているんだ？ とポカンと口を開けてしまう。アリソンはまだアラサーだが、もしかして身体的な問題でも浮上してきたのだろうか。とてもそんなことは聞けないが。

「それに後宮に渡るもなにも、以前は三日に一度、ひとりずつ寝室に呼んでいたんだ。枕が代わると眠れない性質《たち》でね」

えっ、と大和は思わず腰を浮かす。いま大和が毎晩眠っている、あの馬鹿デカいベッドで妾妃とセックスしていたのか、と戸惑う。

知らなかった。知っていたら断固として使うのを拒否していたかもしれない。大和は一般的なホテルも、いわゆるラブホテルのような施設も利用した経験がない。他人がセックスしたかもしれない寝具を、共有したことがなかった。

なんだか背筋がぞわぞわしてきて、不快感がこみあげてくる。もうあのベッドでは寝たくないと思った。

(今夜からどうしよう……)

大和が内心でプチパニックになっていることに気付いているのかいないのかわからないが、アリソンは屈託ない。

「繰り返すけど、私が妾妃に気持ちが向かなくなったことを、君が気にする必要はないから。これは私の問題であって、ヤマトは無関係だ。そもそも私は子供を作るために後宮を維持しているわけではない。独身ではあるが、それなりに健全な私生活を送っていると、国民に知らしめるためだ。だれかになにかを言われても、君は聞き流せばいい。わかった？」

「……はい」

頷くしかない。戻ろうか、とアリソンが立ち上がったので、大和も腰を上げる。ゆっくりゆっくりと来た道を戻り、繋いだ手のぬくもりを感じながら、大和は今夜からどこで寝るかという大問題について、ぐるぐると悩んでいた。

結局、夜になるまで言い出せず、大和はいきなりカウチで寝ると言った。アリソンは「は？」と首を傾げる。

「なにを言っているんだ。君の体格ならカウチでも寝られるだろうが、寝心地の点では格段に劣るぞ」

「わかってます。でも俺は、この寝台ではもう寝ません。ごめんなさい」

深々と頭を下げてベッドから遠ざかろうとしたが、アリソンに攫《さら》うように抱き上げられてしまった。

「陛下！　放してください！」

「だめだ。カウチなんかで寝かせられるわけがないだろう」

軽々とベッドに運ばれ、布団に押しこめられ、圧《の》し掛かってきたアリソンに抱きしめられる。重くて苦しいが、別々に寝ることを許さないアリソンの態度が、やはり嬉しく感じられた。でもこのベッドはちょっと……。

「なんだ、なにが不満だ？　私はヤマトの機嫌を損ねるような言動をしたか？」

「……していません」

「では突然カウチで寝ると言い出した理由は？」

「……言いたくありません」

「王命だ。言え」

王の命令に逆らったら投獄されるのだろうか。それとも追放されるのだろうか。怖かったが、理由なんて口が裂けても言えない。というか、言いたくない。

大和がぐっと口をつぐんでいると、アリソンがため息をついた。

「頑固だな、私の勇者は……。きっと私が悪いのだろう。なにがどう悪かったのか、思い当たることはないが、すまなかったと謝っておく。だから今夜も私と一緒に眠ってくれ」

ぎゅうぎゅうと抱きしめられ、大和は身動きが取れない。身長だけでも三十センチ以上の差がある上に、全力で暴れて抵抗する気がない大和には、アリソンを押しのけられるわけがないのだ。諦めて抵抗をやめたら、アリソンも力を抜いてくれた。

「ヤマト……」

頰に柔らかなものがぐっと押しつけられる。アリソンの唇だった。キスされたのだ。


「ヤマト、私は君がそばにいないと、もう眠れなくなっているんだ。頼むから、私をひとりにしないでくれ」

ひとりが嫌なら妾妃を呼べばいい、と喉元まで言葉が飛び出しかけた。でも言えない。ではそうしよう、とアリソンが大和を寝室から追い出したら、それはそれで途方に暮れてしまいそうだから。

おとなしくなった大和の頰に、アリソンがまたキスをする。

いったいどんな意味がこめられたキスなのか。さらりとした唇の感触は、子供を宥《なだ》めるためのものとしか思えなかった。けれど、大和にとってははじめてのキスだ。唇はもとより、頰にすら、記憶にあるかぎり母親からもしてもらったことがない。キスされた頰がじんじんと疼《うず》くような熱を持った。

たとえ子供を宥めるためのキスでも、瞳が潤みそうになるくらい胸がいっぱいになってくる。

「ほら、理由を教えてくれ。気になって、眠れそうにないよ。私のことが嫌いになった？」

「……この寝台が嫌いになっただけです……」

「この寝台が？　ヤマトは不思議なことを言うね。いきなり嫌いになったのか？」

「今日から、嫌いになりました」

「どこが嫌い？」

「……妾妃さんたちが、その……寝たからです」

ぎゅっと目をつぶり、半ば自棄《やけ》気味に白状した。アリソンはしばらく黙っていたが、「なるほど」と呟く。これで、大和の中に幼稚な嫉妬心が芽生えていることを、知られてしまった。恥ずかしくて、このまま小さく丸まって消えてしまいたいと思う。

「ヤマト、君が気にするなら、明日中に寝台のマットと敷布と枕をすべて取り換えさせよう」

「えっ……」

「だが今夜は我慢してくれ。いまからフロリオに命じることはできるが、ほとんどの侍従と女官はすでに今日の仕事を終えている。理不尽な時間外労働を強いるようなことはしたくない」

「それは、当然です」

慌てて布団から顔を出し、頷いた。アリソンが優しい目で微笑む。

「無神経だったな。すまない」

「……そんな……俺の方こそ、すみません」

「ひとつ、言わせてもらってもいいかな。実は、私は他人と一緒では熟睡できない性質なんだ。だから、妾妃たちは用が済むと後宮に戻っていた。朝まで一緒にいて心地良く過ごせたのは、君がはじめてだ」

あまりの驚きに硬直した大和を、アリソンは面白がっている表情で見てくる。

「びっくりした？　お揃いだね。私もびっくりしている」

「…………陛下……あの……」

なんと返したらいいのかわからない。この事実を、フロリオは当然知っているだろう。後宮に行かなくなったアリソンを心配するのは当たり前だ。だが大和とのあいだにやましいことはなにもない。

「今夜は、我慢してくれるか？」

頷いてから、大和はいつものようにアリソンと並んで横たわった。寝室に妾妃を泊めたことがないという話が真っ赤な嘘だったと知ったのは、ずいぶんあとのことだった。


三日後、延期になっていた歓迎の会が開かれた。

大和はメリルの正装を借り、ガッティの手によって着つけられた。スタイン家の正装は、王都の秋にはすこし暑苦しさを感じるデザインだった。

カーキ色のロングコートはしっかりとした撥水《はっすい》効果がありそうな生地で仕立てられていて、インにはウールのタートルネックセーター。ボトムはぴったりした革のパンツに、革の幅広ベルト。足には編み上げのロングブーツときた。

「あの、ちょっと暑いんですけど……」

ブーツの紐《ひも》をぐいぐいと締めて結んでいるガッティにぼそりと感想をこぼしたら、「でしょうね」と呟かれた。

「この正装は今夜だけのためのものです。季節を問わず、友好の証の使者は、母国の正装を身につけ、披露目《ひろめ》されなければなりません。その後は、滞在する国の衣装を揃えて、その土地に溶けこむ意思を見せます。すみませんが、夜会が終わるまで我慢してください」

ガッティも今夜はスタイン自治領での侍従の服を着ている。大和が着せられている暑苦しいロングコートと似通った生地のジャケットと、タートルネックのインナーだ。頬がほんのりと赤いのは、暑いからだろう。

「さあ、できました」

姿見に全身を映し、大和はしげしげと自分を眺める。異国の青年がそこにいた。

（これは舞台衣装だ。俺はいまからメリル王子という役を演じる）

そう言い聞かせて、背筋を伸ばす。挨拶文は暗記した。こんな大役ははじめてだが、失敗は許されない。かならずやりきってみせる。大和を信じて任せてくれたアリソンに、失望されたくなかった。

「ヤマト、準備は整ったか？」

背後の扉が開いて、アリソンが入ってきた。アリソンも正装している。純白のアラブ風の衣装は、いつにも増して生地がキラキラと輝いていた。袖や襟、裾には金糸の刺繡が施され、帯剣している。腰に巻かれたベルトには複雑な文様が刻みこまれていて、とても格好良かった。剣の鞘《さや》は金色で、色とりどりの宝石が埋めこまれている。

いつもはアクセサリーなどつけないアリソンだが、その両手には合計五つもの指輪がはめられていた。こちらも大きな宝石が光っている。成金趣味のようなファッションではあるが、アリソンが身につけるとぜんぜんおかしくないから不思議だ。優雅な微笑みとあいまって、威厳のある王様にしか見えなかった。

「とても良く似合っている。やはりメリル王子と背格好が似ているのだな。ぴったりだ」

アリソンにそう言ってもらえて、大和はホッとする。まず見た目が似ているのなら、バレる危険性はぐっと下がる。

「私が仮面をつけてあげよう」

顔の上半分を隠す仮面を、アリソンがつけてくれた。後頭部で革紐をしっかり結び、アリソンが「どう、きつくない？」と訊ねてくれた。

「大丈夫です」

革紐は伸縮性があるし、仮面をつけて日常の動作をする練習を何度もしてきたので、視界が狭まっても違和感なく動ける自信がある。

「ヤマト、私のそばを離れないように」

「はい」

「なにがあっても私が守る。いいね？」

「はい……」

アリソンの目をしっかり見つめて、大和は頷いた。

「では、行こう」

アリソンと護衛の騎士、そしてガッティに守られながら、大広間へと移動する。フロリオに頼んで、場所の下見はしてあった。学校の体育館並みに広い場所で、天井からはキラキラしたシャンデリアがいくつもぶら下がっていた。ここに数百人の貴族たちが集うと聞いて、大和はかなりビビった。だがここが劇場で、千人に満たない収容人数だと思えば、大きな箱ではない——と頭の中で状況を書き換えることにした。

大きな両開きの扉の前で、アリソンが足を止める。扉の向こうからは、ざわざわとした大人数のざわめきが聞こえてきた。ゆっくりと扉が開かれる。するとざわめきがぴたりとやみ、アリソンの姿を認めた客たちが一斉に頭《こうべ》を垂れた。

壮観だった。色とりどりのアラブ風衣装を着た男女が、きれいに頭を下げているのだ。大和は啞然として、一瞬だけ演技を忘れた。アリソンがふたたび歩き出したので、我に返り、慌ててついていく。

大広間の壁には何枚もの絵画が飾られ、一段高くなったところに豪華な装飾の椅子が置いてあった。王のための席だ。アリソンは壇上にのぼると椅子に座り、傍らに大和を立たせた。貴族たちの視線が自分に注がれるのを、大和は背中に汗をかきながら感じていた。

「今宵《こよい》はスタイン自治領からの新たな客人、メリルをみなに紹介したくて集まってもらった。みなもすでに聞き及んでいる通り、メリルは旅の途中でケガをしてしまった。その治療のために歓迎の会が遅れた。こうしてみなの前に立てるほどに回復したことを、私は喜ばしく思っている」

アリソンの声は、大広間の隅々にまで響き渡る。大声を張り上げているわけでもないのに、素晴らしい発声だと大和は感心した。

「だがまだ顔に傷が残っているので、仮面を作らせた。見慣れず違和感があるだろうが、メリル自身は明るく賢い少年だ。仲良くしてあげてほしい」

アリソンがちらりと大和に視線をよこした。

さあ、出番だ。大和は軽く息を吸い、腹筋に力をこめた。

「はじめまして、スタイン自治領から来ました、メリル・ハーリング・スタインです。このようなお見苦しい姿でみなさまの前に立つことを、お許しください。運悪く馬車が横転する事故にあってしまいましたが、命は助かりました。私の治療に携わってくれた、レイヴァース王国の医師たちには感謝しています」

口元にかすかな微笑みを作り、大和は早口にならないよう気をつけながら挨拶をした。領主の息子らしく、堂々と、品良く。けれどアリソンよりも前に出てはいけない。控えめに。そして十六歳の少年らしく、溌剌《はつらつ》と。

「今後とも、どうぞよろしくお願いします」

軽く頭を下げて挨拶を終わりにすると、貴族たちが拍手をしてくれた。おおむね成功したようだ。だいたいの貴婦人たちは微笑み、温かい目で大和を見てくれている。きっと顔にケガを負ったことに同情してくれているのだろう。男たちの半分も似たような反応だ。残りの半分が、懐疑的な目でこちらを見ていた。顔を隠している大和を信用しきれないのかもしれない。だがアリソンがそばにいるから、なにも言えないといった感じだ。

「上出来だ」

アリソンがこそっと囁き声で褒めてくれた。とりあえず一つ目の課題を無事に済ませたことに安堵して、大和は笑みをこぼす。

大広間に優雅な管弦楽が流れはじめた。舞踏会と立食パーティーが合わさった内容のようで、貴族たちはそれぞれグループを作って歓談を開始する。

「陛下、私たちを新しい友人に紹介してもらえませんか？」

柔らかくて甘さを含んだ女性の声がして振り向いた。薄いピンク色のアラブ風衣装を着た上品な女性が微笑んでいる。金茶の髪はアリソンに良く似ていて、きれいに結い上げられていた。すこしふっくらとした丸顔に浮かべた笑顔が優し気で、三十歳くらいかなと思った。

その横には、純白の衣装に身を包んだ青年がいる。赤みがかった金髪をくるくるにカールした、きりりとした容貌だ。何歳くらいだろうか、頬のあたりに子供っぽさが感じられるが、背筋を伸ばしたその立ち姿には気品があった。腰には剣を佩《は》いている。この会場内で帯剣を許されている人は数えるほどしかいなかった。

一番に声をかけてきたということは、きっと貴族の中でも位が高いのだろう。それに純白の衣装は王族のものだと聞いた覚えがある。

「ああ、アマベル、紹介しよう」

アリソンがにこやかに女性に微笑みかけた。大和は頭の中で、アマベルって誰だっけ、と記憶を掘り起こし（王妹だ）と思い出す。では隣にいるのは、もしかして王太子か。まだ十二歳のはずだが、すごく大人っぽい。背も高く、大和よりも年上に見える。

「メリル、私の妹のアマベルだ。そして隣にいるのは甥のデリック。王太子だ」

「はじめまして、メリル王子。長旅の上に事故にあわれたなんて、大変でしたね。レイヴァース王国を嫌いにならないでください。我が国の医師団は優秀です。ゆっくり療養してくださいな」

「はじめまして。事故はだれのせいでもありませんでした。医師には大変お世話になっております」

フロリオの指導のもと、こう言われたらこう返す、といういくつかのパターンを覚えてきたので、大和はそつなく対応する。デリックに対しても優雅な物腰を崩すことなく挨拶することができた。

その後、何人かの重鎮といわれる人物の挨拶を受けた。疲労を覚えてきたころ、アリソンが「これで最後にしよう」と耳打ちしてきた。目の前に立ったのは、身長二メール弱といった長身の男だった。プラチナブロンドの長髪が美しく、瞳は金色。すらりとした細身で、ゆったりと頭を垂れた動きが、まるで舞いのようだった。衣装の色は水色。

「ウォード自治領から来ているウィルだ」

「はじめまして」

アリソンの紹介にウィルが顔を上げ、じっと大和を見つめてくる。仮面を貫くかと思うほどの視線に、大和はわずかに動揺した。アリソンが助け舟を出してくれなかったら、耐えられなくなって不自然なほど顔を背けていたかもしれない。

「ウィル、そんなに見つめないでやってくれ。メリルが困っている」

「これは申し訳ありません。自分とおなじ立場でこの国にやってきた少年だと思うと、つい興味深く観察するように見てしまいました」

ふっと口元だけで薄く笑ったウィルが、いったいどんな人物なのか摑めない。得体が知れない人だ、と第一印象を抱いてしまい、大和は戸惑った。

ウィルはすぐに下がっていき、広間の隅に移動していく。その周囲に若い女性たちがわらわらと集まってきては、しきりに話しかけているようだ。あの容姿ならばモテるのはわかる。大和は捉えどころがないと思ってしまったが、女性からしたらミステリアスで興味深いのかもしれない。

「メリル、座りなさい。疲れただろう」

壇上の隅に、王の椅子より一回り小さな椅子が用意されていた。侍従がそれをアリソンに指示されるままに、王の椅子と並べる。大和はそこにちょこんと座った。女官が飲み物のグラスを持ってきてくれて、爽やかな風味のジュースを飲んだ。緊張していたのと、スタイン風の衣装が暑いのとで喉が渇いていたようだ。とても美味しい。

「これ、美味しいです」

「そうか。でも飲みすぎるな。それは酒だ」

「えっ、お酒なんですか？」

気付かなかった。アルコール度数が低いのと、フルーツの風味が強いからだろうか。

「君は酒に強いのか？」

「わかりません。酔うほど飲んだことがなくて。あの、元の世界では、酒とタバコは二十歳からなんです。二十歳で成人なので。きっちりそれを守っていたわけではないですけど、未成年だと言うと周りの大人は無理に勧めることはありません」

「二十歳？　遅いな。ここでは十六歳から大人の仲間入りだ」

「それは早いですね」

「まあ、酔ったとしても、私が介抱してやるから安心しなさい」

「陛下が俺を介抱してくれるんですか？」

「私では不満か？」

「とんでもないです」

つい、くすくすと笑ってしまった。アリソンも笑う。

視線を絡ませて笑顔を浮かべ合う壇上の二人を、貴族たちがどう見てどう解釈したかなんて、このときの大和が気付く由もなかった。

とにかく、大役を無事に果たすことができたようだ、という安堵感が強く、大和はすこしばかり酒を飲みすぎたのだった。

◇◇◇

「ヤマト、酔ったな?」

耳元で本当の名を囁くと、潤んだ黒い瞳が仮面の奥から見つめてくる。酔いに蕩《とろ》けた大和の瞳は、舐《な》めたら甘そうだった。白い頬はほんのりと赤みを帯び、美味しそうな果実のよう。

誘われるように大和の顎を指先でくすぐったら、可愛らしく笑った。

(可愛い……)

何事にも真面目に取り組み、与えられた役目を全うしようと努力する大和だ。いつも健気なほど一生懸命で、ふとした瞬間に見せる不安気な瞳の揺らぎは庇護欲をそそってやまないし、無垢な笑みは子供のように愛らしい。もうずいぶんと信頼を寄せてくれるようになった。耳元で甘く囁けば頬を染め、肩を抱き寄せれば恥ずかしそうに俯く。最初のころは動揺の表れだったそれらの反応が、いまでは意味が変わってきていることに気付いていた。

おそらく、大和は自分を好いている。それが恋愛の域に達しているのか、単なる親愛の情に留まっているのか、本人に確かめていないので不明だが、アリソンにはたいして重要ではない。大和のような初心な少年を思う通りにするのは簡単だ。自分の言動で大和が心を乱す様は、そばで見ていて楽しい。

メリルの代役が終わっても、手放すつもりはなかった。大和にかまけすぎて、後宮の存在を忘れていたほどなのだから。

なんの後ろ盾もなく、孤独な大和を庇護してあげたい気持ちに偽りはない。どうしようもない孤独を抱えている自分と、重ねてしまっている部分もあるだろう。彼を可愛がる行為は、もしかして無意識のうちに自分を癒そうとしているのかもしれない。

だがそんな心理を分析することに、なんの意味があるのか。楽しければいいのだ。大和はアリソンに庇護されて可愛がられ、平和な日々を送ることができればいいのだし、アリソンは大和の存在に癒されれば心地良い。素晴らしい関係だ。

ふと視線を感じて振り向けば、ウィルがこちらを見ていた。女の子に囲まれているのに、まったく興味がなさそうに壇上を眺めてきている。なにか物言いたげな目が気になった。

他にも何人かこちらを注視している者がいることに気付き、アリソンは大和を連れてこの場を去ることにする。酔った大和が演技を続けられそうにないからという理由は表向きで、本当は、こんなに可愛い大和を有象無象の貴族たちに見られたくなかったからだ。

歓迎の会の目的は達成している。貴族たちは談笑を楽しんでいるようなので、いつまでもアリソンと大和が留まっている理由はない。

そばに控えていたガッティに、大和を連れて退室する旨を伝えた。大和を椅子から立ち上がらせると、足元がすこしふらついている。ガッティが支えようとしたのを見て、アリソンはすかさず大和を抱き上げた。あっ、とだれかが声を上げたが、それを無視して横抱きにしたまま大広間を出た。

ガッティが小走りについてくる。そのあとを、フロリオが追ってきた。

「どうかなさいましたか」

「大和が酔った。美味しいと言うので、つい私が飲ませすぎたようだ」

自分のせいにして、アリソンは居室まで大和を抱いたまま歩いた。素面《しらふ》だったら大和は恥ずかしがっただろう。小柄でも十八歳の男だ。大和は子供扱いすると不愉快そうな表情をする。だがいまの大和はアリソンに抱かれてぼんやりしている。

「陛下……」

「気分はどうだ？　悪いか？」

「悪くないです。ちょっと暑いけど、ふわふわして気持ちいいです……」

えへ、と笑った大和に、体の奥でなにかが疼くような気配がした。

密《ひそ》かに戸惑いながらも足を動かし、王の寝室にたどり着く。天蓋から下がる布をフロリオがかき分けてくれる。大和を寝台に寝かせた。くったりと四肢を伸ばしている大和の体から、一枚ずつ服を剥いでいく。それをガッティが丁寧に畳んでいった。

「脱がさないでください、陛下……」

大和はくすくすと笑いながら軽い抵抗を試みてくる。それがまた可愛らしくて、アリソンは困った。酔った大和に無体はしたくない。なにをしても大概のことは許される身だが、経験がなさそうな少年を無理やり抱く趣味はなかった。

ガッティがスタイン家の正装一式を抱えて静かに寝室を出て行く。用意してあった寝間着をフロリオが運んできた。大和が呂律《ろれつ》の回っていない舌で「眠いれす…」と訴えてくる。

「ヤマト、このまま眠りなさい。今日はよく頑張った」

「俺、頑張りました。上手にできましたか？」

「とても上手だったぞ。君がいてくれて助かった」

「良かった……」

大和がふわんと笑った。目尻に涙が光っている。胸を一突きにされたような痛みを感じ、アリソンは一瞬言葉を失った。

「陛下、わたくしがヤマト様を着替えさせますので、もうすこしお下がりください」

横からフロリオが出てきて、下着姿の大和に寝間着を着せていく。前ボタンをすべてとめて、上掛けをきっちり胸まで引き上げたフロリオに、大和は「ありらろう」と小さく礼を言った。棒立ちになっているアリソンを、涙で濡れた瞳が見上げてくる。

（なぜ、ここで泣く必要がある？）

アリソンは我慢できずにフロリオを押しのけ、大和の頭を抱きしめた。そして目尻にくちづける。塩辛い味がした。

「なにか褒美を与えよう。欲しいものはあるか？」

「欲しいもの……なんらろう……」

大和は褒美をもらうことなど考えていなかったようだ。潤んだ目で宙を見つめながらしばし考え、「そうだ」となにか思いついた。

「俺、陛下の声が好きれす」

「……それが？」

「陛下に、本を朗読してもらいたいれす」

意外すぎる要求に、アリソンだけでなくフロリオも驚いている。

「俺、まだこっちの文字が読めらくて……勉強しているんれすけろ……だから本を読みたくても読めらいんれす……。陛下に読んでもらえたら、すごく嬉しいなって、思うんれす……」

「そ、そうか。わかった。こんど時間を作って、朗読してやろう。必ずだ」

「本当れすか？　わーい」

大和が横たわったまま両手を広げる。くそ可愛くて、眩暈がした。

深呼吸して、あらためて大和を見つめると、なんと健やかな寝息を立てて眠っている。拍子抜けしてて脱力したアリソンを、フロリオが胡乱な目で見ていた。

「なんだ？」

「……いえ、ずいぶんとご執心のようなので、陛下はヤマト様をどうなさるおつもりなのかと……」

「どうもこうも――」

このままこの部屋でずっと飼っていく。愛玩動物のように。

そう言いかけて、「それはちょっと違うぞ」と気付いた。ついさっき、大広間にいたときまでは、たしかにそんなふうに思っていたはずだが、よくよく考えてみれば、違うような――似て非なるというか――。

「陛下、とりあえずお召し替えなさいますか」

「ああ、そうだな……」

フロリオに促されてアリソンも寝間着に着替えた。自覚していなかったが、歓迎の会で緊張して疲れていたようだ。頭の中もごちゃごちゃしている。思考を整理するのは明日にして、大和と一緒にこのまま寝てしまうことにした。

「おやすみなさいませ」

フロリオがランプをひとつだけ残して消して、寝室を辞していく。アリソンは大和の横に体を滑りこませ、じっと寝顔を見つめた。

近づきたくなって、アリソンはぴたりと体をくっつける。それだけでは足らなくなってきて、そろりそろりと華奢《きゃしゃ》な肩を抱き寄せた。ヤマトの眠りは深いようだ。起きる気配はない。

酒のせいか、大和の体温はわずかに高いように感じた。黒髪に鼻を埋める。湯浴みをしていないので、大和の匂いがした。胸いっぱいに大和の体臭を嗅ぐと、下半身に覚えのある火種がともったのがわかる。

大和を抱きたい。

これまで何十回も何百回も可愛いと思ってきたが、明確に欲望を抱いたのは、今夜がはじめてだった。

大和の寝顔を見つめ、ひさしぶりの感覚に戸惑う。下腹部の熱に、懐かしささえ感じた。妾妃たちを寝室に呼ぶときとは、あきらかに違った場所から湧いている感覚がする。

(これはいったい、なんだ?)

自分に問いかけながら、大和の頬に触れる。滑らかな頬が、酔いでほんのりと色づいていた。触れると火照っているのがわかる。

何度も撫でているうちに、引き寄せられるようにして顔を寄せていき、唇で頬に触れた。その瞬間、ぴりっと、痺《しび》れたような感覚になったのは、気のせいだろうか。いままで、何度か戯れで額や頬にくちづけたことがあったが、そのどれとも、いまのくちづけは違っていた。


胸の深いところに届くような、なにかがあった。

やはり、身に覚えがある、懐かしさを孕《はら》むものが、アリソンになにかを訴えかけてくる。

(私は、もしかして……)

この少年に恋をしたのだろうか。

にわかには信じがたい答えが導き出されてしまい、アリソンは動揺を隠せない。

もう三十二歳だ。即位して二年。国の平穏を保ったまま甥のデリックに王位を渡すことだけを目標にし、そつなく執務をこなしてきた。出自が怪しい自分には、人並みの幸せなど不要だと思い、結婚を望まず子供も作らず、民の人気も求めず、淡々と生きてきた。

そんな自分が、いまさら恋? 異世界から来た十八歳の少年に?

だが相手が大和だからこそ、そういう気持ちになれたのかもしれない、とも思う。

「ん……」

大和が身動《みじろ》ぎをし、アリソンによりいっそうくっついてきた。まるで縋りつくようにされて、アリソンは純粋に愛《いと》しいと思う。もう一度、大和の頬にくちづけた。

ひさびさに抱いた甘い想いは、とりあえず大切に胸の内にしまっておこう。まだしばらくは、こうして眺めるだけにしよう。

けれどいつか、大和を手に入れたい。

体だけを奪うのは、そう難しいことではないと、経験上知っていた。なにも知らない無垢な体をその気にさせて、大和の方から欲しがるように仕向けることだってできる。だがアリソンは、大和の心も欲しいと思った。体に快楽を教えこむことができても心がついてこなければ長続きはしない。

漆黒のきれいな瞳に、自分だけを映したい。大和をだれにも渡したくない。この先、ずっとだ。

（そのためには、まずなにをすればいいか……）

ゆっくりと眠りに落ちながら、アリソンは明日目覚めたらじっくり考えよう、と決めた。

◇◇◇

なんだかとてもぽかぽかと暖かくて、いい匂いがして、眠りから覚めるのが惜しいと思いながら、大和は目を開けた。

完全遮光のカーテンの隙間からこぼれる細い光が、寝室をほのかに明るくさせている。窓の外では小鳥のさえずりが聞こえた。

何度かまばたきをして、見慣れてきた豪奢な天蓋を見上げる。いつもとちがう感覚の目覚めだったのに、目に映る光景はおなじだ。

なにがちがうのだろう？　頭を動かそうとして、気付いた。いつもは柔らかな枕が頭の下にあるのに、今朝は、なんだかごつごつとした固い棒状の感触がする。

「……ん？」

意識がはっきりするにつれて、固いものに違和感が増した。と同時に、至近距離に人の気配……。

予感がして視線を横に向けると、すぐ近くにアリソンの寝顔があった。衝撃のあまりしばし固まる。もしかして、もしかしなくても、頭の下にあるこの棒状の固いものは、アリソンの腕？

（腕枕？　これ、陛下の腕だよね？）

横臥したまま、くらくらと眩暈に襲われた。

「んー……」

アリソンがもぞもぞと動いた。空いている方の腕が伸びてきて、あろうことか大和を抱きしめてくる。

（ひーっ！）

心の中で叫びながらも、大和はされるがままだ。下手に動いたらアリソンが起きてしまう。フロリオが起こしにこないのだから、まだ起床時間ではないのだ。いつも仕事で大変そうなアリソンの安眠を妨害したくなかった。

しかし――いったいなにがどうして、こんなことになっているのか。わけがわからない。

（えー…と、なにがあったっけ。昨日の夜は……）

歓迎の会があって、大和はメリルの代役をした。無事に役目を果たせたようで、褒めてもらったことは覚えている。そのあと、甘くて飲みやすいお酒をすこし飲んで……酔ってしまったのかな？　あの会場からどうやって寝室まで戻ったのか、記憶がない。

（もしかして俺、陛下に面倒をかけた？）

もしそうなら謝り倒すしかない。お詫《わ》びになんでもしますと土下座するか。

（あ、そうだ、なにか褒美を与えるって言ってもら

えたような気がする）

あれは夢だったのだろうか、それとも現実か。

大和はアリソンに、本を朗読してほしいと言ったような……。

（ああ、俺って、だめだめ。もしあれが夢じゃなかったら、王様になんてことを望んじゃったんだ。もう酒は飲まないようにしよう）

ベッドの中でこんなにくっついているのは驚きだが、もしかして昨夜、アリソンが寒くて暖を取るために大和を抱き寄せただけかもしれない。現に、大和もぬくぬくしていて気持ち良かった。

きっとアリソンは寝ぼけて、大和を妾妃のだれかと間違えたのだ。いやでも、妾妃を朝までここに寝かしたことはないとか、以前言っていた。

（俺の頭、重くないのかな……）

それだけが心配だ。たしか腕枕をすると痺れると聞いたことがある。いま大和の頭が乗っているのは左腕だ。アリソンは右利きだから、書類にサインしたり剣を振ったりするのに支障はなさそうだが、痺れが続くと不快だろう。

（でも、なんか、気分がいい……）

きれいな寝顔をじっと見つめながら、アリソンの腕枕をしばし堪能した。大和の額にアリソンの寝息がかかっている。くすぐったくて、ちょっと気持ちいい。やめてほしくない。このままフロリオが来なければいいのに、と思ってしまった。

大和は目を閉じて、アリソンの胸に頬を寄せた。心臓の音が響いてくる。はっきりとした力強い音に、大和はかつてない安心感に包まれたのだった。

◇◇◇

左腕の軽い痺れは、幸せな時間の名残だ。

大和に腕枕をした翌朝、アリソンの左腕は痺れていて、しばらく使い物にならなかった。恐縮して謝罪を繰り返す大和は、顔を赤くしたり青くしたりと忙しい。こうなることは予想していたのだから、大和が責任を感じることはないと、アリソンは十回以上、繰り返して言わなければならなかった。

「どんな本を読んでほしいのか、希望はあるのか？」

やっと落ち着いて朝食の席についたアリソンは、対面に座る大和に問いかけた。

大和は最初意味がわからなかったようできょとんとしていた。だがしだいに頬を赤く染め、「え、嘘、あれって夢じゃなかった……？」と視線を泳がせる。

「夢だと思っていたのか？　私は君の望む通りに本の朗読をしたいと思っているんだが」

「いいんですか？　本当に？」

アリソンが頷くと、「どんな本でも？」と喜びを押し隠したような目で尋ねてくる。

「太陽神の大神殿に保管されている分厚い聖典でも、君が望むなら朗読しよう。一日十ページ、百日以上かかる計算になるが、それでも良ければ」

「いいえ、そんなにかかる本ではありません」

大和は席を立ち、「すぐに戻ってきます」と部屋を出て行った。言葉通り、大和はアリソンがお茶を飲んでいるあいだに戻ってきて、大切そうに胸に抱きかかえていた本を差し出してきた。表紙の絵に見覚えがある。童話集だった。

「陛下の書斎にあったのを、お借りしました。その、講義の合間に書棚の本をちょっとだけ見せてもらって、これが気になっていたんです。たぶん子供用の絵本だと思うんですけど、挿絵が独特ですごく雰囲気がある本だな…って」

受け取ったアリソンは、童話集をパラパラとめくった。懐かしい。この本がなぜ王の書斎の書棚にあったのかわからないが――おそらくフロリオの仕業だろう――とても切ない気持ちがこみあげてくる。

これはアリソンがまだ幼く、母が元気だったころに、よく読んでもらった本だ。母のカティーナは国内有力貴族の出身で、幼少の頃から未来の王妃になるべく教育されてきた女性だった。そのため気位が高く、育児は乳母がするもので高貴な身分の女性は手を出すものではないという考えを持っていたが、教育には熱心で、読書を推奨していた。

アリソンが文字を覚えはじめたころ、たびたび童話を読み聞かせてくれた。そのうちアリソンが朗読し、それを母が聞くという形に変化した。言い淀《よど》むことなく朗読できると、母は手を叩いて賞賛してくれたものだ。

その母が王都を離れてずいぶんとたつ。時折、肖像画を見ないと顔を忘れてしまいそうだった。

アリソンは母を恨んではいない。若さ故の過ちを悔い、心を病み、元王妃という身分にふさわしくない田舎の離宮で、人生の大半を無駄にしている女性だ。哀れだと、憐憫《れんびん》の情を抱くだけだった。

「……やっぱり、子供用の本ではダメですか？」

アリソンが懐かしい思い出に浸っていたら、無言を拒絶ととらえたのか、大和がすっかり肩を落としている。

「ダメだなんてとんでもない。これは私が子供のころに読んでいた本だ。懐かしくて、つい感慨にふけってしまった。ひさしぶりに私もこれを読んでみたくなったから、さっそく、短い話をひとつ選んでみよう」

「いまからですか？　でも陛下はお仕事が……」

「半刻くらい大丈夫だ」

大和の椅子を自分のすぐ横に移動させ、ともに本を覗きこめるようにした。馬の絵が描かれている話を選び、アリソンはゆっくりと声に出して読みはじめた。

田舎で農耕馬として飼われていた馬が、騎士を乗せて戦う軍馬に憧れるという話だ。馬は田舎を飛び出して都会に行き、軍隊に入ることはできたが、訓練は厳しく、さらに戦場の恐ろしさに耐えきれず、田舎に帰ってしまう。農場の夫婦は温かく迎えてくれた。農耕馬には農耕馬の生き方があるのだ、と悟るという話だ。

短い話の中に、いくつかの教えが織りこまれているが、喜劇仕立てになっているので、途中でクスリと笑える場面もある。大和を笑わせることができ、アリソンは満足した。

「面白かったです。陛下は朗読がとても上手ですね」

朗読なんて本当にひさびさで、アリソンも楽しむことができた。大和の笑顔が見られるのなら、今日からこれを日課にしようと思いつく。

「ヤマト、夕食後にまたひとつ話を読もう。これから毎日、朝晩一話ずつ朗読するのを習慣にするのはどうだ？」

「俺は嬉しいですけど、陛下の負担にはなりませんか？」

「負担なんてとんでもない。むしろ良い気分転換になりそうだから提案している」

「本当ですか。俺、毎日の楽しみが増えました」

喜色を浮かべた大和が、なぜか瞳をじわりと潤ませた。泣かせるような言葉を口にした覚えはない。

「ヤマト、どうした？」

「嬉しいんです……」

大和の震える体を、なんとかして宥めてやりたくて、アリソンは華奢な肩を撫でた。

「俺の母親は、絵本の読み聞かせなんてしてくれるような人ではありませんでした。こんなふうに、大人の男の人に優しくされたこともなくて……」

「そうか」

大和はアリソンよりもずっと寂しい幼少期を過ごしたらしい。アリソンの胸は切なく痛んだ。艶やかな黒髪にくちづけて、両腕で大和を抱きしめる。すると、おずおずと大和の細い腕が伸びてきて、アリソンの背中にしがみついてきた。

（ああ……！）

アリソンはきつく目を閉じた。この子にもっと喜びを与えてあげたい。幸せを感じさせてあげたい。全部、この世のすべての感情を与えることができるのは、自分だけでありたい。

そんな感情の迸《ほとばし》りを、アリソンは生まれてはじめて経験した。相手のすべてを支配したいという気持ちを、独占欲と呼ぶのだと、このときはもちろん気付いていなかった。

数日後、アリソンは熟考の末に決めたことを、フロリオに伝えた。

「後宮を閉じる。妾妃たちを実家に帰すから、その準備に取り掛かってくれ」

絶句したフロリオは、しばらく立ち尽くしていた。視線で大和を探しているのがわかり、「さっき出かけた」と教えてやる。別の侍従に案内させて、城内の散策に行ったのだ。もうすぐお茶の時間なので、それまでには戻るようにと言ってある。

「陛下、後宮を閉じるとは、どういうことですか」

「私にはもういらない。だから閉じる。それだけだ」

「もしかして、ご結婚なさるおつもりですか」

「それはない。絶対に」

一縷《いちる》の望みがフロリオの目に宿ったが、アリソンはそれをきっぱりと否定した。

「私は結婚しない。子供も作らない。理由は、おまえも知っているだろう」

フロリオが目を伏せて、唇を噛んだ。アリソンが子供のころから侍従としてそばに仕えてきた男だ。王の嫡子として生まれながら、そんな決意をせざるを得なかったアリソンの苦悩と孤独を、一番理解しているといっても過言ではない。

「陛下が后を娶り、お子を成しても、だれも文句は言いますまいに……」

「血は嘘をつかない。だれもなにも言わなくとも、不義の子である私に、後継者を作る権利はないのだ。そんなこと、いまさら私に言わせるな」

アリソンが前王の正妃である母から生まれたのは確かだが、血縁上の父は護衛の騎士だった。その男の名前を、アリソンは知らない。三十三年前、絶世の美少女だったという王太子妃に誘惑されて、護衛の騎士は過ちを犯した。

当時、成婚後二年たっても子宝に恵まれなかった王太子妃は、周囲の期待が重荷だったのかもしれない。多忙な王太子を居室で待つだけの日々に飽きていたのもあっただろう。護衛の騎士と火遊びに興じた。その結果、アリソンを身籠ったのだ。騎士は良心の呵責《かしゃく》に耐えかねて、王城から去った。みずから辺境警備に赴き、その地で病死したという。

アリソンが自分の出生の秘密を知ったのは、十歳のときだった。母に長年仕えていた女官が内密の話があると人払いして、母と二人きりになった。アリソンは悪戯《いたずら》心で、物陰にこっそりと隠れた。そして盗み聞いてしまったのだ。血縁上の父である騎士が辺境の地で亡くなったことを――。

女官から訃報を知らされ、母は涙を流していた。申し訳ないことをした、許してほしい、こんなつもりはなかった、彼に罪はない、罪人は私だ、と母が繰り返していたのが、いまでも耳に残っている。

母はやがて心を病んだ。アリソンの顔に騎士の面影があるのかもしれない。母はアリソンを見ると取り乱すようになった。父王はそんな正妃のために、王都から離れた場所にある療養地に離宮を建設し、母を移した。それから二十年近く、母は離宮から出ておらず、父王の国葬にも参列しなかった。時折錯乱することはあるが、おおむね静かに暮らしているという報告だけは受けている。

「私の次の王は、デリックだ。アマベルもそれを承知している。父の血を引いた正当な王位継承者は、デリックしかいない。そうだろう？」

「申し訳ありません……」

フロリオが深々と頭を下げる。アリソンは苦笑いしながら、顔を上げるように命じた。

「後宮の件は、すべてフロリオに任せる。妾妃はひとりずつ、大きな騒ぎにならないよう、秘かに実家に帰せ。理由は……そうだな、私の男としての機能が低下したとでも言っておいてくれ」

「陛下、それはあまりにも不名誉な――」

「ああそうか、そんな話がヤマトの耳に入ったら困ったことになりそうだな。いやでも、落ちこむ私をヤマトが慰めるという図も捨てがたい」

どうしよう、と考えこんだアリソンに、フロリオがため息をつく。

「ヤマト様がいらっしゃるので後宮を閉じるのだと、そう思っていていいのですね」

「……私が勝手に決めたことだ。ヤマトは関係ない。だが、まだヤマトの耳には入れないようにしてくれ。ヤマトは優しいから、後宮から出された妾妃の行く末を心配してしまいそうだ」

フロリオが苦悩の表情をして、「お言葉ですが」と口を開く。

「そんなにヤマト様にお気遣いをなさるのなら、下手な嘘をつくのはおやめになった方がよろしいかと思います。寝室に妾妃を朝まで泊めたことはないと、ヤマト様にお話しになったそうですね。妾妃をお呼びになったときは、いつも朝まで共寝して、盛大にベタベタしていらしたではありませんか」

「ささやかな嘘だろう。そんなに怒るな。あのときは、そうでも言わないとヤマトが一緒に寝てくれそうになかったから」

「世の中には嘘をついた方が良い結果を生む場合もありますが、この稚拙な嘘はあきらかに悪い。わたくしだけでなく他の侍従も女官もみな、陛下と妾妃がどうお過ごしになっていたのか知っております。だれの口から真実が語られるかわかりません。嘘をつかれていたと知ったとき、ヤマト様がどんなお気持ちになるか、すこしは想像力を働かせた方がよろしいかと思います」

「おまえはどっちの味方なんだ」

「わたくしは正義の味方でございます」

堂々と胸を張って、フロリオが言い切った。

「王家にすべてを捧げて仕えておりますが、主君の間違いを正すのも仕事だと自負しています。いままでも、ことあるごとに苦言を呈してまいりました。もしかしてわたくしの言葉はひとつも心に残っていないのでありましょうか」

フロリオの迫力に押されて、アリソンは「わかったわかった」と話を切り上げることにした。

「これからは嘘をつかない。おまえに誓おう」

「わたくしに誓わなくて結構です」

フロリオは呆れた表情をしてため息をついた。だがすぐに感情を消した侍従の顔に戻り、優雅な一礼をする。

「では、後宮の件、お引き受けいたします」

「速やかに、かつ秘かに、な」

「わかっております」

フロリオが下がっていくと、入れ替わりに女官がやってきた。お茶を淹《い》れてもらって寛いでいると、大和が戻ってきた。

「おかえり。散策はどうだった？」

「楽しかったです」

侍従の服を着て、頭にスカーフを巻いて黒髪を隠した大和は、侍従見習いにしか見えない。ちまちまして可愛い大和の姿に、アリソンはデレッと相好が崩れたのを自覚した。

「すこし王城の構造がわかりました。どの廊下も似たような装飾で、案内がないと迷子になりそうだと思っていましたが、造りを覚えてしまえば大丈夫かもしれません。あと、窓からの景色も微妙に違うし、壁にかかっている肖像画もよく見てみればみんな違うんですね。記憶しておけば、この部屋にちゃんと戻ってこられそうです」

「肖像画が掛け換えられたら迷子になる？」

「あっ、そうですね、その可能性もあった……」

悲しそうな顔になった大和に、アリソンは「大丈夫だよ」と笑った。

「肖像画はめったに掛け換えられない。どの絵画も何十年もそのままだ。百年以上も掛けたままのものもある。きっと壁紙に跡がついているだろう。掛け換えるのなら、壁紙も貼り直さないとならなくなるだろうね」

アリソンの笑みに、大和も笑顔を返してくれる。可愛いなと、しみじみ思う。

二人きりの憩いのときはすぐに終わりを迎えた。大和は学習の、アリソンは引見の時間だ。

ガッティを連れたフロリオがやってきた。フロリオはウィルからの文を預かってきたと言う。

透かし模様が入ったきれいな便箋には、『話があるので、時間があるときに離宮まで来てほしい。できれば夕暮れどきが良い』と簡潔に書かれていた。ウィルから文が届くのは珍しいことではない。彼とは友人だ。だが時間を指定されたのははじめてかもしれない。

「夕方？　なぜだろう」

意味がわからないが、ウィルがそう望むならそうするまでだ。今夜さっそく行ってみようと決めて、便箋にそう綴《つづ》り、フロリオに持たせた。他の侍従に頼んでもいいのだが、そうすると読まれないように蠟封しなければならず、面倒くさい。

「ヤマト、今日は執務後にウォード自治領の離宮へ行くことにする。もし話が長引いたら、夕食の時間までに戻ってこられないかもしれない。ヤマト、すまないな」

「いえ、そんなこと、大丈夫です」

「帰りが遅くなったら本の朗読はできないかもしれない。明日の朝、二回分まとめて読もう。フロリオ、これを頼む」

「かしこまりました。では、わたくしはウィル様に文をお渡ししてきます。ヤマト様とガッティは、先に書斎でお勉強をはじめていいてください」

大和とガッティは二人で王の書斎へと向かう。肩を並べて歩く二人は、すっかり打ち解けたようだ。アリソンとしては面白くない。自分以外の男に、大和があの可愛い笑顔を見せているなんて。しかもガッティはスタイン自治領の人間だ。

「陛下、そのような見苦しいお顔を、外ではされませんように」

フロリオに指摘され、アリソンは両手で自分の顔に触れてみた。見苦しい顔とは、いったいどんな顔だったのか。

「ヤマト様を陛下以外の方と二人きりにはさせません。安心して執務に励んでください」

「おまえはいまからそれをウィルに届けるのだろう。二人きりになるじゃないか」

「すぐに戻って参ります」

「すぐだぞ」

「はい、必ず」

アリソンに約束したフロリオは小走りで廊下を去

っていく。アリソンは別の侍従に命じて、引見用の衣装に着替えながら、大和が気になって仕方がなかった。

◇◇◇

王の書斎に着くと、大和はデスクに本を広げた。まだこちらの文字が読めない大和は、子供用の冊子を取り寄せてもらっていた。挿絵がふんだんに使われていて、文字が大きい。そこに講義内容を日本語で書きこみ、大和は活用していた。

さて、スタイン自治領の経済についての先日の続きを、と身構えたが、いつまでたってもガッティが口を開かない。不審に思って顔を上げると、彼は閉じたドアを見つめていた。いつもそこに立っているフロリオは、まだ来ていない。

「ガッティさん？」

「ああ、すみません。ちょっと、気になったものですから……」

「なにが気になったんですか？」

ガッティは「ウィル王子のことです」とためらいながらも名前を挙げ、大和に真剣な目を向けてくる。

「あの、ヤマト様は陛下と深い仲ではないんですよね？」

「えっ、深い仲？　それって、その……」

「伽を命じられてはいないと聞いていますが、本当ですか」

ガッティがずばりと言ってきた。伽という単語だけで、大和は耳を熱くしてしまう。

「それは、本当です。俺は一度も陛下にそういう行為を求められたことはありません」

「けれど陛下はヤマト様のことを、ものすごく気に入っておられますよね。メリル王子の代役として異世界から召喚したのは陛下ですから、大切に庇護するのは当然ですが、わたくしから見ると過剰なほどにヤマト様を可愛がっておられるように感じます。いまだ伽を命じられていないのが、不思議なくらいです」

そう言われても、伽を求められていないのは事実だ。気に入られているのは自覚している。けれどアリソンから男の性欲みたいなものを感じたことはなかった。

「その……陛下は、男女関係なく、そういう行為を求める人なんですか」

「そう聞いています」

「それって、この世界では普通のこと？」

「普通かどうか聞かれると困りますが、高貴な方々とか、軍の中とかでは、珍しくないのではないですか。特に陛下は、ウィル王子のこともありますし……」

「ウィル王子のこと？」

歓迎の会で挨拶した、プラチナブロンドの美形を思い浮かべる。ついさっき、文を受け取ったアリソンは、執務後にウィルのところへ行くと言っていた。

「ご存じないのですね」

「なにを、ですか……？」

「ウィル王子が、かつては陛下の寵童だったという話です」

ちょうどう。すぐには意味がわからなくて、大和はぽかんとした。ゆっくりと考えを巡らせ、漢字を当てはめてみる。

（もしかして、寵童？）

急に心臓が嫌な感じでバクバクしはじめた。

「ウィル王子はこの国に来たとき、まだ十二歳でした。いまでもとても美しい方ですが、当時は月の妖精のごとく、性別がわからないほどに現実離れした美しい少年だったそうです。そのウィル王子を、まだ王太子という身分だった陛下が、それはそれは可愛がり、片時もそばを離れないほどの寵愛ぶりだったと聞いています」

胸の奥が痛くなってきて、息苦しさを感じる。アリソンがあのウィルを寵愛していたなんて、知りたくなかった。だがあの美しさなら当然かもしれない。

「寵童にされてしまったという話はウォード自治領まで伝わり、何度もウィル王子の帰国を願う書状が届いたそうです。ですがウィル王子本人が断り続けていると聞きました。ご自分が帰国すると、代わりの親族が人質としてこの国に来なければならないからというのは表向きの理由で、いまだに陛下と深い仲で離れがたいからではないかとの憶測があります」

「いまだに？　そんな……」

まさか、と大和は否定したかったが、それほどアリソンの生活について知っているわけではない。せいぜい、この三十日くらいのアリソンしか知らないのだ。それ以前はどうしていたのかなんて、知る由もない。

「さきほど、ウィル王子の文が陛下に届けられましたよね。陛下はすぐにお返事を書かれていた。やはり、お二人はまだ……」

ガッティが確信を得たとでも言いたげな顔で頷いているのを、大和はただ茫然として見遣《みや》るしかない。本当にそうなのだろうか。アリソンの様子から、寵愛している人のもとへ忍んでいくという空気はまったく感じなかった。けれどそれは大和が恋愛の機微に疎すぎて、気づくことができなかっただけかもしれない。

大和はこの年まで、だれも好きになったことがなかった。セックスの経験もない。キスすらしたことがなかった。アリソンに、戯れで頬にキスされたのがはじめてだ。

「メリル王子が予定通りに王城入りしていたら、ウィル王子のようになっていたかもしれません。いえ、なっていたでしょうね。国を発つ前、わたくしはメリル王子に何度もレイヴァース王国へ行くのはおやめくださいと申し上げました。けれどあの方は聞き入れてくださらなかった。自分が行かなければ、妹が行くことになってしまうからと……」

ガッティは、ここに来る前からメリルの貞操を心配していたらしい。それならメリルの妹の方がより心配なのではないか。大和がそう言ってみると、「おそらく大丈夫です」とガッティはあっさり否定した。

「陛下は後宮をお持ちです。美しい妾妃を五人も住まわせていると聞きました。自分好みの美しく若い女性がそれだけいるのなら、田舎から来た人質の娘に興味を持つとは思えません。女性に関しては満たされているでしょう。けれど陛下は両刀で、男性も欲しかった。だからウィル王子に手をお付けになった。メリル王子も伽を求められる可能性は高い。次男、三男とはいえ、領主の息子の尊厳を踏みにじる行為が、わたくしは……――」

ガッティの顔と口調に怒りがこもった。大和は意外に思う。ガッティがいままで感情を露にしたのは、メリルの行方を案じるときだけだった。

「我々は、レイヴァース王国の方たちから田舎者と馬鹿にされていますからね。我々が住む地方が貧しいのは事実です。でもそれほど侮られては困る。いつか――」

若草色の服の横でぐっとこぶしが握られたとき、書斎の扉がノックされてフロリオが入ってきた。ガッティはハッとしたように大和を見る。その顔が「しまった」と失敗を悟ったように見えたのは、気のせいだろうか。

フロリオが静かに歩み寄ってくる。奇妙な空気になっているのを、すべてにおいて聡《さと》いフロリオが気づかないはずがない。けれど、どこがどう奇妙なのか、大和はすぐに説明できそうになかった。一度にたくさんのことを聞かされて、動揺してしまっている。

「どうか、なさいましたか?」

フロリオが尋ねてくれても、大和はなにも言えない。ガッティが取り繕うように、「雑談に興じてしまいました」と乾いた笑い声を上げる。

「すこし時間を無駄にしてしまいましたね。では、ヤマト様、昨日の続きからはじめましょう」

促されて、開いた本に目を向ける。何事もなかったかのようにガッティが講義をはじめたが、ぜんぜん頭に入ってこなかった。

歓迎の会で見た、ウィルの美しい立ち姿が大和の意識を支配していた。あの人の子供時代はどんなだったのだろう。アリソンはどんなふうに寵愛したのだろうか。そしてガッティが言うように、いまでも関係は続いているのだろうか——。

胸が痛い。喉が、絞めつけられるように、息苦しかった。アリソンのことを考えると、なぜか涙が滲みそうになる。忙《せわ》しなく瞬きをして、涙を呑《の》みこむようにしながら、大和はじっと黙って座っていた。

——きっとこれは、だれにも言ってはいけない。だれにも気付かれてはいけない感情だ。自分の胸の内に秘めておかなければならないものだ。

ほとんど本能的に、大和はそう判断していた。まだ大和に課せられた役目は終わっていない。終わるまでは……いや、終わってからも、だれにも知られてはいけないものだろう。すぐそばにいるガッティに気付かれないよう、大和は静かに深呼吸を繰り返した。落ち着けと自分に言い聞かせる。

しかし、なかなか思う通りにならず、なんとか冷静さを取り戻したのは、今日の講義が終わりにさしかかったころだった。

顔見知りの女官長が恭しく頭を垂れ、アリソンを離宮の中へと促す。あと半刻ほどで日が暮れるという時刻。ウィルは庭にいた。

アリソンの居室を囲む中庭よりも野趣溢れる意匠になっている庭は、ウィルの好みで造られている。植木はほとんど刈りこまれておらず、自由に枝を伸ばしており、地面には野草が小さな花を咲かせていた。品種改良された花は植えられていない。自然を好むウィルらしい庭だ。どの花の香りかわからないが、ほのかに甘くて青い匂いが漂っている。

野草に囲まれた東屋《あずまや》で待っていたウィルは、立ち上がってアリソンを迎えた。

「陛下、わざわざのお運び、ありがとうございます」

「君が呼びつけたんだろう。殊勝な態度は似合わないからしなくていい」

長年の付き合いになる友人にくだけた口調で言い、アリソンは東屋の椅子に腰かけた。女官がガラスの

◇◇◇

アリソンがウィルの離宮に足を向けるのは、かなりひさしぶりだった。

広い王城の敷地内に、ウォード自治領の離宮が造られている。ウィルは十四年前から、そこで暮らしていた。

おなじようにスタイン自治領の離宮もある。つい先日まで、そこには前領主の妹が住んでいた。あちらこちらが女性用の設《しつら》えだったので、メリルが来たら好みに従って改装できるようにと予算が組んであったのだが、いつその金が使われるのかわからなくなっている。

「陛下、お待ちしておりました」

器を運んでくる。中身は果実酒だった。

「こんな時間から酒か？」

「私の話を聞いたら飲みたくなるでしょうから、あらかじめ用意したままでです」

「なんだと？」

尋常ではない切り出し方に、アリソンは怪訝《けげん》な態度を隠さなかった。ウィルがまっすぐに見つめてくる。その金色の瞳から真意が読み取れないかと思ったが、アリソンにそんな特殊能力はない。ウィルの視線がふと逸れて、アリソンの背後へと動いた。

「おいで」

柔らかな声で呼びかける。だれか後ろにいるらしい、とアリソンは何気なく振り返り――息を呑んだ。そこに立っていたのは、黒髪黒瞳の少年、メリルだった。

信じられない思いで、アリソンは少年をまじまじと凝視する。背格好と髪と瞳の色は大和とおなじだが、顔はいつか見たスタイン一家の肖像画にそっくりだ。メリルはウォード家に許された水色の服を着ている。たぶんウィルが十代のころに着ていたものだろう。

「メリル、陛下にご挨拶を」

「はじめまして、アリソン陛下。お目にかかれて光栄です。スタイン自治領の現領主の次男、メリル・ハーリング・スタインです」

緊張しているのか、すこし強張《こわば》った顔をしている。ぎくしゃくと頭を下げ、縋るような目をウィルに向けた。ウィルが手招きすると東屋の中に入ってくる。ウィルの隣にちょこんと座った。

行方がわからなくなっているメリルが、なぜこんなところにいるのか――。

そもそもウィルには今回の騒動を話していない。

「………どういうことだ、ウィル……」

「いまから説明します」

気色ばむアリソンをいなすように苦笑いし、ウィルはまるでメリルを守るように華奢な肩に腕を回した。メリルは頼り切った目でウィルを見上げている。親密な様子から、昨日今日出会ったわけではなさそうだと想像できた。

「三十日ほど前、慈善活動の一環で児童養護施設に慰問へ行きました」

ウィルの活動予定はすべてアリソンに報告されているので、王都の隣の町まで出かけたことは知っている。なんらかの理由で身寄りがいなくなった、あるいは養育を放棄された子供を集めて保護している施設だ。そこまでは王都から馬車で半日かかる。

「予想外に施設で長居してしまったため日没までに王都に戻ることができず、私は途中の宿場町で一泊することにしました。そこでメリルに出会ったのです」

「まさか君が拉致したわけではないだろうな」

「違います。そんなことをしてなんになりますか」

「ウィルはぼくを拉致したわけではありません。助けてくれたんです」

メリルがウィルを庇《かば》って横から口を挟んできた。

「助けた？　いったいどういう状況だったんだ。メリルの行方がわからなくなったときの目撃者は見つかっていない。ウィルはどうやってメリルを自分の馬車に乗せ、この離宮まで連れてきた？」

「それについては、しばしお待ちください」

ウィルが笑みを浮かべながら果実酒の杯を口に運ぶ。しばし待てとは、また不可解なことを言ってくるものだ、とアリソンは首を傾げる。

そろそろ日没だ。東屋の周囲には侍従の手によって篝火が焚かれはじめた。あらかじめ東屋で時を過ごすつもりだったらしく、女官たちが酒のつまみになりそうなものをつぎつぎと運んでくる。テーブルはそれらでいっぱいになった。やはり大和と夕食をともにすることは無理そうだ。ひとりで寂しがっていないだろうかと、大和が気になる。

やがて完全に空が暗くなり、東の空から二つの月が昇りはじめた。今夜も夜空に雲はない。二つの月が明るく大地を照らす。

「う、うっ……」

急にメリルが呻きだした。ウィルの服にしがみつき、苦悶《くもん》の表情を浮かべている。

「どうした？　具合が悪いのか？」

「大丈夫です、陛下。お静かに」

腰を浮かしたアリソンを、ウィルが制してくる。メリルを可愛がっているようなのに、ウィルはやけに冷静だ。

「陛下、ご覧ください」

アリソンの目の前で、メリルの輪郭がぼやけた。ゆらゆらと揺れながら、メリルの体が縮んでいく。驚愕してまばたきをしているあいだに、小さくて白い獣が出現していた。

ウィルがそれを膝に抱き上げる。黒い瞳のそれは、ふわふわの白い毛を生やしていて、ウィルが撫でると気持ちよさそうに「キュー」と鳴いた。

「なんだそれは。メリルは？　どこへ行った？　いつそんなものを飼いはじめた？」

「飼っているわけではありません。メリルは、これです」

ウィルが白いもふもふをひょいと持ち上げる。黒い瞳がじっとアリソンを見つめてきて、そうだとでも言いたげに「キュー」と鳴いた。さっきまでメリルが座っていた場所には、服がくしゃりと落ちている。下着と靴まで、すべて。

「魔道か……」

「そのようです」

はあぁぁ、とアリソンは盛大なため息をつきながら浮かしていた腰を下ろす。女官が静かに寄ってきて、メリルが来ていた服を回収していった。どうやらこの離宮の女官と侍従たちは、メリルが人ならざるものに変化することを知っているらしい。だれも騒いでいない。長年ウィルに仕えている者たちばかりだ。一致団結しているのだろう。

「メリルには、おそらく二つの月が夜空に昇るとこの白い獣になるという呪いがかけられています」

「つまり、夜だけなのか」

「二つの月が西に沈めば、元の姿に戻ります」

「正魔導士の調査によると、メリルが行方不明になったとき、魔道が働いたらしい。それも双月神を信仰する宗教に基づく魔道だという話だ」

「では、スタイン自治領の魔導士が関わっているのですか」

ウィルの腕の中で、白い獣が丸い目をさらに丸くしていた。自分をこんな目にあわせているのが、祖国の者だと聞いて驚愕しているのだろう。キューキューと小さく鳴いて、ウィルにしがみついている。聞いているこちらが切なくなるような声だった。

「私はこの獣を宿場町で拾ったのです。見たことがない獣でしたし、なぜか懐いてきたので、保護するつもりで宿に連れ帰りました。あとで王立図書館の館長に、どんな種類の生き物なのか調べてもらおうと思ったのです。ところが、翌朝、獣はメリルの姿になっていました」

そこでメリルはウィルに助けを求めた。なにが原因で獣の姿になってしまったのかわからない。魔道が働いているに違いないが、自分はなにも知らない。人質交代に関係する政治的な陰謀に巻きこまれているのかもしれない——。

「その時点では、メリルにかけられた呪いが姿の変化だけなのか、なにがきっかけで変化するのか定かではなかったので、とりあえず私が匿うことに決めました。ふたたび夜になるのを待ち、メリルがこの姿になってから宿を出て、夜道を馬車で王都まで帰りました」

王都周辺は治安が良いが、それでも夜盗がまったく出没しないわけではない。危険を覚悟の帰途だったのだろう。

「それから幾日かこの離宮で過ごし、夜のあいだだけ白い獣に変化することがわかりました。それ以外に体の変化は特になく、すこぶる健康。わざわざ魔道を使っての呪いにしては中途半端だなと怪訝に思っていました。スタイン自治領の者が関わっていたのなら、それも頷けます。魔導士に依頼した者は、メリルの命を奪うつもりはなく、ただ夜間は人前に出られないようにすることだけが目的だったのでしょう」

中途半端。そう言われてみればそうだ。メリルを夜間だけ白い獣に変化させて、呪いの依頼者はなにが目的だったのだろうか。

「メリルがここにいることを、どうしてもっと早く私に打ち明けてくれなかったんだ。いまごろになってから……」

「それについては申し訳なかったと謝罪するしかありません。自分でも思いがけず、メリルとの生活が楽しかったのと、この白いもふもふ獣が可愛かったものですから」

ウィルが白い獣の腹の毛をてのひらでわしゃわしゃとかき混ぜた。獣は——つまりメリルは——うっとりと目を細めて気持ち良さそうな表情をしている。人間だったら無造作に触ってはまずい場所なのでは、とアリソンは思ったが、メリルが嫌がっていないようなので黙っていた。

「そろそろ陛下に知らせなければいけない……と逡巡していたところに、歓迎の会の知らせが届いて驚きました。メリルはここにいるのに、いったいだれをどう披露目するのかと。恐々《こわごわ》と出席してみたら、メリルと背格好が似た少年が仮面をつけて陛下とともに壇上に上がっていて、事情を察しました。どこからか身代わりの少年を探し出したのですね？」

「異世界から召喚した」

「召喚したのですか！」

ウィルが驚くのも無理はない。異世界から魔道を使って勇者を召喚するなんて、百年に一度あるかないかの珍事だ。

「背格好が似ていて、黒髪で黒瞳の少年をダートに召喚させた。だが顔はあまり似ていなかったので、事故でケガをしたと偽り仮面をつけさせた。無難にメリル役をこなせていただろう？」

「立ち居振る舞いも堂々としていて、スタイン家の正装がとても良く似合っていました。出席者のだれも疑っていなかったように思います」

「あれは練習したんだ。何日もかけて。ヤマトは真面目で努力家なんだ」

「ヤマトという名ですか」

「元の世界で役者をしていたからできたことだろう。とても純粋で、いい子だ。じつは秘密を守るために私の部屋で生活させている」

ウィルがふっと苦笑いして、「秘密を守るため？」と呟く。

「違うでしょう。気に入ったからそばに置いているだけなのでは？　メリルの身代わりならばスタイン家の離宮で生活させればいいのに、それをあえてしなかった。陛下の部屋でだれかが寝起きしているという話は、本当だったんですね」

「そんな話をどこから聞いた？」

知っているのはクレイトンとイーガン、フロリオとガッティくらいだ。ほかにも王の居室付きの侍従数名が知っているが、口外するような者ではない。

「これだから生まれたときから大勢に傅かれて育った高貴なお方はダメなのですよ」

「よくも私をダメだと言ったな」

「言いました。では、陛下がお召しになっている服は、いつどこでだれが洗濯をしているのかご存じですか？　おなじく、陛下が口にされている食事は？　洗濯は王城の下働きたちが請け負っています。料理は厨房《ちゅうぼう》で作られています。ある日から、陛下の居室から出される洗濯物が増えた、しかも陛下よりもずっと小柄な少年用のものらしい、食事も二人分求められるようになった、と下の者たちが不思議に思い、それを知人に話したとしたら？」

　それは盲点だった。アリソンはそこまで考えていなかった。身の回りの世話をする侍従と女官たちだけが口をつぐんでいれば、秘密は守られると思いこんでいた。

「では、君はどうやってメリルの存在を隠しているのだ？　一切、噂になっていないだろう」

「ここでは、すべての雑用を離宮内で完結させていますから。厨房も洗濯場も、独自のものが備えつけられています」

　そういえばそうだ。王城の厨房で作る料理は当然のことながらレイヴァース王国のもので、人質たちが故郷の味が恋しくなっても料理人はそれを作れない。それで、各離宮には厨房を造ったのだ。洗濯場も同様に、民族衣装の洗濯方法はそれぞれ異なるだろうと配慮したのだった。

「その分だと、歓迎の会の知らせが届いたあと、肝心のメリルは王城のどこにいるのかと、貴族たちが不審がっていたことも気付いていませんね？」

「…………」

　なにも言えない。スタイン家の離宮に大和を移してはどうかと、クレイトンから何度も進言されたが頑として首を縦に振らなかったのはアリソンだ。

　王の居室からスタイン家の離宮は遠い。遠いといっても王城の敷地内のことなので知れているのだが、大和に会うために延々と長い廊下を歩き、渡り廊下を越えていくのが嫌だった。

毎食、大和と食事を取りたかったし、毎晩、大和を抱きしめて眠りたかったのだ。

「昨日の歓迎の会で貴族たちは知ったでしょう。陛下の居室にいたのはメリルで、どうやらすっかりお気に召され、寵愛されているようだ、と」

「………」

それについてもなにも言えない。ただしこちらは、思惑通りなので異論はないということだ。

「ここのところ妾妃にも会われていないとか」

「本当にウィルは耳が早いな」

後宮を閉めるという話はまだ耳にしていないようだ。フロリオに命じたのは今朝のことなので、さすがのウィルも知らないらしい。だが二、三日中には知られてしまうだろう。

ウィルが片手を上げて女官を呼んだ。白いもふもふ獣のメリルを、「頼むよ」と渡す。女官は笑顔で受け取り、「櫛で梳《と》かしてさしあげますね」とメリルに話しかけていた。

「あの姿のメリルは、女官たちに大人気なのです」

「君にも大人気のようだな」

否定せずに、ウィルは艶やかな笑みを浮かべる。果実酒の杯をあおると、ぐっと身を乗り出してアリソンに近づいてきた。

「陛下、メリルは今回の騒動の原因に、心当たりがあるようです」

「本当か？」

「まだ打ち明けてくれていませんが、たぶんスタイン自治領内での内紛ではないかと」

メリルにかけられた呪いが双月神信仰に由来すると聞き、ウィルは確信したようだ。

「ウィル、その内紛に、この国の大臣が関わっている可能性はあると思うか？」

「………だれのことですか」

アリソンは答えなかったが、頭の中にはイーガンの顔が浮かんでいる。イーガンは、はっきりとした調査報告がなされる前に、強固にスタイン自治領の陰謀だと訴えていた。以前は、確たる証拠もないのに、断言するような者ではなかった。むしろ気弱な性格故に、慎重だったはずだ。

「まあ、それについてはそちらで丹念に調べてください。私およびウォード自治区は関わっておりませんので」

ウィルは目の前の皿から美しく飾り切りされた果実を取った。行儀悪く手づかみでそのまま口に入れたが、ウィルがやると野卑に見えないから得だ。

「そういえば、いまふと思ったのですが……。メリルが夜のあいだだけ獣になってしまう呪いをかけられたのは、もしかしたら陛下のせいかもしれませんよ」

「なにを根拠に」

「男女見境なく寝所に引っ張りこむ陛下の餌食にならないようにです」

「まさか」

即座に否定したが、すぐにそう言い切れないことに気付いた。

かつてウィルとの関係を疑われた。その疑いはあたかも事実のように巷《ちまた》で語られるようになり、ついにはウォード自治領にまで到達したのだ。

「私という前例がありますから」

「ただの友人だ」

「そう思っていない人が、いまだに多いようです。私はことあるごとに否定しましたが、最悪なことに陛下が――当時は王太子殿下でしたが――否定も肯定もしないという態度でしたので、噂は消えませんでした。陛下には話しませんでしたが、そのころ、国の両親からは何十通と手紙が届いていましたからね。すべて私の身を案ずる内容で、そのたびに私は関係を否定する手紙を書きましたが検閲されていると思われて信じてもらえず、ついには母が人質として出向くので私に帰国しろと迫るものになりました。結局は、私の方から国とは縁を切るという手紙を書かざるを得なくなりました」

「それは……………すまなかったな」

それほどの事態になっていたとは、知らなかった。

「国と絶縁することについては、特に心は痛まなかったので、その点について陛下からの謝罪はいりません」

「そうだったな。君はあの当時から非常にさばさばとした性格の少年だった」

「家族に愛情がないわけではないですが、私はこの国に来るとき、二度と戻らないと覚悟をしていました。スタイン自治領の前領主の妹君のように、老体になるまでレイヴァース王国に留まろうと思っていました。そうすれば、この先何十年かは、家族と引き離されて寂しい思いをする親族が現れないわけですから」

「人質制度がほとんど形骸化しているのは周知の事実だが、やめるためには準備期間が必要だ。それも年単位の」

「わかっています。政治的なことには口出ししないと決めているので、そのあたりのことは陛下にお任せします」

「ではメリルから故郷の内紛話を聞き出そうとはしてくれないのか？」

「そちらは努力します。メリルのためにも」

ウィルの金色の瞳に篝火がきらめく。なにか心に秘めたものがある男の目だった。

「陛下、今回の件が片付くまで、私にメリルを預けてくださいませんか。この離宮の者たちは、みな口が堅い。メリルの呪いに関しても、外に秘密が漏れる心配はないでしょう」

「それは願ってもない申し出だ。私から君に頼もうと思っていたところだ。メリルもずいぶんと君に懐いているようだし、すべてが片付くまで、ここで匿ってあげてほしい」

「はい。必ず、メリルを守り通します」

ウィルが視線を動かしたので、アリソンもそちらへ目を向ける。白い獣を抱いた女官が歩み寄ってきていた。被毛に櫛を入れられて、白い獣はさらにもふもふのふわふわになっている。女官からメリルを受け取ったウィルは膝に抱き、「ふわふわになったね」と撫でてあげている。頭や背中だけでなく、腹のあたりも撫でているのを見て、そのあたりはそんなに触っていい場所ではないのでは……とまたもや思いつつも黙って眺めているしかない。メリルが嫌がっていないのだから。

二つの月が中天にさしかかった。いつのまにか夜が更けてきたようだ。

（いまごろ大和はどうしているだろう……）

大和が来てから、夜をひとりで過ごさせるのははじめてだ。寂しがっているのではと、急に気になり出す。話が終わったのなら、もう戻ろうかなと思った。

にわかに落ち着きをなくしたアリソンに、「どうしました？」とウィルが尋ねてくる。

「……ヤマトがどうしているのか気になって」

「寝ているのではないですか？　侍従はだれをつけているのです。陛下の居室付きの者をそのままですか」

「いや……、フロリオに頼んだ」

「侍従長をつけたのですか。それはまた……」

揶揄《やゆ》するまなざしを向けられて、アリソンはムッとした。

「護衛の意味も含めてフロリオに命じたんだ」

「ああ、彼は武道の心得がありますからね。フロリオに任せておけば、なんの心配もいりません。陛下が急いで戻る必要はないですね」

ウィルに酒をつぎ足され、アリソンは仕方なく杯をあおる。そのうちメリルはウィルの膝の上で眠ってしまった。女官が引き取っていき、東屋にふたたび二人きりになる。これをきっかけに自分も帰ろうと腰を浮かしかけたが、ウィルに引き留められた。

「とっておきの酒があるのです。いかがですか」

「いや、私はもう……」

「帰るなんて、つれないことを言わないでください。こうしてお会いしてゆっくりと飲むのはひさしぶりなのですから、もうすこし私に付き合ってくださいよ」

そう言われて、なんだかんだと結局朝まで付き合わされたのだった。

◇◇◇

大和は寝室の窓から夜空を見上げた。二つの半月が白く輝いている。真ん丸ではなく半分だが、二つあるので十分に明るい。

こんなふうに夜が更けてからひとりきりで月を見上げたのは、もしかしなくてもはじめてだったりする。アリソンが不在だからだ。

彼がいれば、寝支度が整った段階でベッドに誘われる。並んで寝るだけだが、アリソンがそばにいてくれると安心して眠ることができた。

いまごろ、アリソンはなにをしているのだろうか。ウォード家の離宮で、ウィルとただ話しているだけだろうか。それとも……。

今日、ガッティに聞いたウィルの話を思い出すと、いてもたってもいられないほどの焦燥感に苛《さいな》まれる。焦燥感は胸の痛みとなり、喉が絞めつけられるような苦しさになり、やがて悲しみに変化し、最後は泣きたくなるような寂しさや虚《むな》しさになる。

これをさっきから何度も繰り返していて、大和はすっかり疲れていた。月の光が、わずかでもいいからこの疲れを癒してくれないかと思う。

会いたい。アリソンに会いたい。早く帰ってきてほしい。彼の顔を見て、安堵したい。

「陛下……」

呼びかけは、ひとりきりの寝室に虚しく消えていく。

この感情がいったいなんなのか、いくつかの事柄が示す答えを否定したい気持ちはあったが、たとえ否定しても理屈で片付けられるものではないのだ。

たぶん。

「どうしよう……」

大和は両手で顔を覆った。答えはひとつ。これはきっと、「好き」という感情だ。いつのまに、アリソンを好きになっていたのだろう……？

いつから？　いつからこんなふうにアリソンのことを想うようになっていた？

この三十数日間の記憶をたどってもわからない。ただ、思い返してみれば、最初からアリソンには甘えていたし、ひとつのベッドで寝ても、抱きしめられても、頬や額にキスをされても嫌悪感はまったくなかった。

いままで、だれとも親密な関係を築けなくて、もう一生、ひとりで生きていくのだと諦めていたのに、アリソンにだけは、大和の体は拒絶反応を示さなかったのだ。

（もしかして、俺、自覚していなかっただけで、一目惚《ぼ》れとか、恥ずかしいことになってた？）

うわーっと羞恥のあまり叫びたくなった。よくいままで平気でアリソンと寝ていたなと、自分の鈍感さに賞賛を送りたくなる。

生まれてはじめて好きになった人が男だったことには、まったく違和感を覚えなかった。そもそも母親への嫌悪から女性はダメだったたし、人間そのものに愛情を抱けなかった。

そんな自分が、まっすぐな恋をするなんて、いったいどんな奇跡だろう。相手が同性かどうかなんて、大和にとっては些末なことだった。

これからどうするのか。

自覚してしまった以上、ひとつのベッドで眠ることに抵抗がある。アリソンは大和がいようと平気で裸になって着替えるし。

いまさら部屋を別にしてほしいなんて言ったら、アリソンはどう思うだろう。可愛がっているペットが急に逆らった、と不愉快になるだろうか。嫌われることだけは避けたい。

(嫌われたくない……)

ただのペット感覚でいいから、そばに置いてほしい。アリソンは王だ。いったん離れてしまったら、近づくのは難しくなるだろう。

大和が我慢して、いままで通りにひとつのベッドで眠ればいいのだ。頬や額にキスをされても、舞い上がらないように自制すればいい。

なんでもない顔を作って、ただの代役を演じる。

それしか道はないように思った。

「ヤマト様、まだお休みになっていらっしゃらないのですか」

フロリオに声をかけられて、大和はびっくりした。いつのまに寝室に入ってきたのだろう。気付かなかった。

フロリオに肩にガウンをかけてもらって、湯浴みで火照っていた体がもうすっかり冷めてしまっていることに気づく。

「考え事をしていたら、眠れなくなってしまって」

「では、温かい飲み物をお持ちします」

いったん下がったフロリオはすぐに戻ってきて、湯気が立つカップを乗せたトレイを持ってきた。

「眠りを誘うお茶に果実酒を数滴垂らしてあります。どうぞ」

「ありがとう」

ほのかに果実の甘い香りがするカップを受け取り、大和はゆっくりと飲んだ。お腹がぽかぽかして、頭がぼうっとしてくる。

たぶん大和はアルコールに弱い。歓迎の会でわかった。おなじだけ飲んだアリソンはまったく様子が変わらなかったのに、大和はしっかり酔っ払ってしまった。母親もあまり強い方ではなかったようだから、体質が似たのかもしれなかった。

「さあ、いまのうちに寝台にお入りになってくださいい。目を閉じて横になっていれば、じきに眠りは訪れます」

フロリオに言われるまま、大和はベッドに入った。ひとりきりで寝るには大きすぎるベッドは、アリソンの不在をまざまざと大和に突きつけてきた。首元までフロリオが掛け布団を引き上げ、母のように、父のようにかいがいしく寝具を整えてくれる。

「フロリオさん……」

「なんでしょう」

「陛下は、もう今夜は戻られないのですか」

「わかりません」

ウィルのところからは帰ってきてほしいが、大和の立場で王の行動に口出しすることはできない。フロリオがわからないと言うなら、「そうですか」と頷くしかなかった。

「おやすみなさいませ」

「おやすみ……」

フロリオが静かに寝室から出て行く。大和は目を閉じて酔いがもたらす感覚に身を任せ、眠りが訪れるのを待った。

◇◇◇

歓迎の会から十日ほどが過ぎた。

通常の執務に加え、各方面から届く調査結果の報告と新たな調査の指示等に時間を取られ、アリソンは即位して以来の忙しさを経験していた。

大和と朝晩の食事をともにすることだけはなんとか続けていたが、食後のお茶をゆっくり飲む余裕はない。本の朗読は休みがちになり、二日か三日に一回という頻度になってしまった。できたら大和とももっと接して、親密さを深めていきたいところなのだが、状況がそれを許さない。

アリソンは、ウィルの離宮にほぼ毎日足を向けていた。メリルはなにかを隠している。庇護者であるウィルにもそれを話していないのは、国の王であるアリソンを信じていないからだろう。打ち明けてもらうためには、信頼に足る人間だと思ってもらわなければならない。それで、大和との時間を削ってまで、アリソンは離宮を訪問していた。

努力の甲斐あってか、メリルがすこしずつ打ち解けてくれているのを感じる。あともう一押しで、知っている秘密を話してくれるかもしれない。

もちろんスタイン自治領には手の者を派遣している。そちらの報告が先ならば、メリルを説得する材料になるかもしれない。

「おかえりなさいませ」

明け方近く、ウィルの離宮から王の居室に戻ったアリソンを出迎えてくれたのは、フロリオだった。

今日も疲れていたアリソンは無言で頷き、着替える前に寝室へ直行する。そこはしんと静まりかえっていた。寝台を覆う布をそっとめくり、大和の寝顔を覗きこんだ。小さな白い顔が、そこにある。

「ヤマト……」

顔を見るだけで、疲れが癒されていくような気がした。だがもう見ているだけでは物足りなくなっている。かすかな寝息を立てている大和をじっと見下ろし、話がしたいと思った。今日あったこと、考えたこと、アリソンがいないあいだになにをしていたか、すべて知りたい。

けれど、気持ちよく寝ている大和を起こすことはできなかった。引き寄せられるようにして上体を屈め、白い頬に触れるだけのくちづけをする。それだけで、いまは満足するしかなかった。

（いつか、唇にくちづけたい。私の気持ちを知らしめるために）

そう心に決めているが、事態が解決しない限り、大和は代役でい続けなければならないし、アリソンの多忙な生活は解消されない。

（とにかく、いまは我慢だ。一日でも早く、今回の件を終わらせることだけを考えよう）

アリソンは寝台から離れて、待ち構えていたフロリオに着替えを手伝ってもらい、寝間着に替えた。そこで大和の一日の報告をさせるのが日課となっている。

「本日のヤマト様は、朝食のあと庭を散策され、テラスで文字の練習をしました」

大和の眠りを妨げないていどの小声で、フロリオが囁くように話した。

「昼食後は王の書斎にてレイヴァース王国の歴史の講義。僭越《せんえつ》ながら講師はわたくしが担当いたしました。アマベル様にお茶会の招待をされていたので、ほんの半刻ほど出席されました。わたくしが同伴いたしました。アマベル様のご友人が三名いらっしゃいましたが、ヤマト様のメリル王子としての立ち居振る舞いはほぼ完璧で、だれひとりとして正体を疑う方はおりませんでした」

「そうか。それはすごいな」

実妹を騙すのは気が引けるが、仕方がない。すべてが終わったあとに事情を話そう。

「お茶会から戻られたあとは侍従の服に着替え、王城内を散策しておりました。コリンをともない、一刻ほど歩かれました」

コリンという侍従は見知っている。フロリオが目をかけている若い侍従だ。

「夕食は定刻通りに、きちんとすべてお召し上がりになっております」

大和が何事もなく一日楽しく過ごせていたのなら良い。けれど自分がいなくとも大和の一日が充実していたと聞くのは、面白くなかった。男心は複雑だ。

「スタイン自治領からの移住者たちが、メリル王子との交流会を希望しています。直接会見したことのない平民たちなので、メリル王子のお顔や声などはよく知らないでしょうが、どういたしましょうか」

「半刻ていどの出席にとどめるのなら良いだろう。だが、ヤマトにあまり負担を強いることはないようにしてくれ」

「わかっております」

歓迎の会で披露目を済ませたので、メリルとの交流希望が殺到しているらしい。平和な国の弊害だ。人質の交代などめったにない行事なので、王都は若い王子に興味があるのだろう。馬車の事故で負傷したために治療中だと広く伝えてあったが、人前に出られるほどに回復したのなら……という感じだ。

「私が夕食の時間に間に合わなかったことについて、ヤマトはなにか言っていたか？」

「どこへお出《い》でなのかと尋ねられたので、ウォード自治領の離宮だと答えました。ヤマト様は心情をなにも口にはしませんでしたが、どこかお寂しそうでした」

「寂しそうだったか？」

「はい、とても」

「そうか。そうだろうな」

ちょっと気分が浮上して、アリソンは寝酒を持ってきてくれるように頼み、ふたたび寝台の横に戻った。椅子を寄せ、大和の寝顔が見られる場所に座る。フロリオから醸造酒をほんのすこし入れたグラスを受け取り、強い酒を舐めるようにして味わった。

大和の寝顔は最高の酒のつまみになり得る。時間をかけて酒を飲み、控えていたフロリオにグラスを返す。アリソンは大和を起こさないように細心の注意を払いながら寝台に上がった。そっと抱き寄せると、眠っているはずの大和がもぞもぞと動いてアリソンの胸にしがみついてきた。

酔った大和に腕枕をして以来、アリソンはときどきこうして大和を抱き寄せて眠っている。目覚めたときの大和はたいてい恥ずかしそうに顔を赤く染めるが、特に苦情は訴えてこない。アリソンが寝ぼけたふりをするから、言っても仕方がないと思っているのかもしれなかった。大和の優しさにつけこんでいる、悪い大人の自覚はあった。

「ん……」

居心地がいい姿勢を見つけたのか、大和は動かなくなった。愛しさに突き動かされて、アリソンは大和の頬にまたくちづける。すこし伸びてきた黒髪を指に絡めて、その手触りを楽しんでみたりした。

飽きることなくその寝顔を見つめ続けるアリソンになにも言わず、様子を窺っていたらしいフロリオが無言で寝室を出て行った。

◇◇◇

テラスに出したテーブルで文字の練習をするのが、最近の空いた時間の活用法になっている。

きめの荒い安価な紙をたくさん用意してもらい、そこに繰り返しペンで大陸公用語を書いていく。日本語のひらがなカタカナとも英語のアルファベットとも違うので、なかなか覚えられない。苦戦している。メリルらしい立ち居振る舞いや高貴な人たちのマナーを、演技として覚えるほうがずっと簡単だったし、楽しかった。

「もしかしたら、俺、語学の才能がないのかも……」

中学の三年間と高校を中退するまでの一年間、英語を勉強していたが、まったく身につかなかった。学校というものから離れて丸二年過ぎ、いまでは覚えた単語のほとんどを忘れてしまっている。

才能がないのは仕方ないが、だからといってこちらの文字の習得を諦めてしまったら、今後の生活に支障をきたすだろう。元の世界には帰れないらしいから、この先の人生を思うと文字の読み書きは必須だ。アリソンは、異世界から召喚した責任があるからと、大和の生活を保障すると言ってくれているが、できる範囲内で仕事はしなければならないだろう。

「ヤマト様、どうぞ」

手元に影が落ちて顔を上げれば、侍従がお茶を運んできてくれていた。テーブルの端にカップを置いてくれる。フロリオがいないとき、大和についてくれているコリンという名の侍従だ。王城内の散策のときに案内役をやってくれている。まだ若く、二十代半ば。フロリオをとても尊敬していて、職務に忠実な侍従だ。

「休憩なさったらいかがですか？　もうずいぶんと長く、練習なさっていますよ」

そう言われてみればそうだ。大和はペンを置いて、お茶休憩を取ることにした。そよそよと秋風が吹くテラスで、熱いハーブティーを飲む。贅沢な時間だ。

「ヤマト様、さきほど、執務室から使いが来ました。陛下は今夜も遅くなるそうです。夕食はともにできない、とのことです」

最近、ほとんどアリソンと夕食をいっしょに取れていない。メリルの捜索が佳境に入っているのか、多忙そうなのはわかる。それに加えて、アリソンは頻繁にウィルに会いにいっているようだった。

「もしかして、今夜もウィル王子のところですか」

「そうかもしれませんが、わたくしはそこまで聞いておりません」

だよね、と大和は密かにため息をついた。

(ウィル王子のところに行くのなら、また俺が起きているうちには帰ってこないよね……)

いったいなにをそんなに話しこむことがあるのか、ウィルの離宮に行くと、アリソンは夜中まで部屋に戻ってこない。たいてい大和は先に寝てしまう。夜明け頃に帰ってくることもあった。

恋心を自覚してから、アリソンとひとつベッドで眠れるだろうかと心配していたが、杞憂《きゆう》だったわけだ。時々、朝になってから、アリソンに抱き寄せられている自分を発見して驚くことがあるが、どうも深い意味はないらしい。

「………コリンさんは、いつから陛下の居室付きの侍従なんですか?」

「この二年ほどです」

「陛下が、ウィル王子のところに長居するのって、よくあることなんですか」

「ウィル王子と朝まで話しこまれることは、以前はよくありました。ヤマト様が来られてからは足が遠のいていましたが、そういえばここのところ多いですね。お二人はずいぶんと気が合うようで、立場は違えどご友人ですから、なにかと気安く話せるのでしょう」

「友人……」

本当にただの友人なのか。アリソンとウィルの関係は、愛情をともなう特別なものではないのか。

コリンの声音に含むところは感じられない。若いから、ウィルが寵童だった時期をリアルタイムで知らないのかもしれない。だからいまの関係を疑っていないとか？

侍従長のフロリオなら本当のところを知っているにちがいないが、そんなことを聞き出してどうするのか。大和は異世界から召喚された勇者で、メリルの代役だ。ウィルとの関係に口出しできる立場ではない。

それに、アリソンが夜、ウィルのところにだけ行っているとは限らない。

「……陛下は、最近、後宮へ行っていますか？」

こんなことフロリオには聞けない。コリンだからこそ聞けることもある。

「後宮ですか？　ヤマト様はご存じではなかったのですね。後宮はもうありませんよ」

「えっ？」

どういう意味だろう。後宮がもうない？

「陛下の命により、五人の妾妃様たちはご実家に帰されました。後宮として使われた建物はありますが、すでに無人です。仕えていた女官たちは王城のさまざまな場所へ配置換えされました。突然のことだったので驚きましたが、陛下にはなにかお考えがあってのことでしょう。後宮閉鎖の指揮を取ったのは、侍従長です。さすが侍従長の手腕は素晴らしく、まったく混乱を起こすことなく、速やかに静かに妾妃様たちは王城を去っていったとのことです」

まるで自分の手柄のように胸を張るコリンを呆然と見つめ、大和は混乱していた。後宮がもうない。妾妃はひとりもいなくなってしまった——。

では、アリソンが夜、渡っていくのはウィルの離宮だけになっているということか。

（まさか、ウィル王子のために妾妃をみんな帰らせた？　ウィル王子だけを寵愛するから、妾妃たちがいらなくなった？）

それ以外に、後宮をなくしてしまう理由が思い当たらない。ウィルのあの美しい姿が頭から離れなくなった。

「妾妃様たちが帰されたのは、いつのことなんですか」

「もう十日ほど前です。順番にひとりずつ、正門から質素な馬車で出て行かれたと聞きました」

そんなに前に妾妃がいなくなっていたなんて。ぜんぜん知らなかった。だれも教えてくれなかった。

ではこの十日のあいだにアリソンが夜に出かけていたのは、すべてウィルの離宮ということになる。

昨日も、一昨日も、ずっとウィルと一緒にいたのだろうか。

「もしかしたら、陛下はご結婚をお考えなのかもしれませんね」

コリンの何気ない一言が、さらに、大和に特大級の衝撃を与えた。

「け、結婚……ですか？」

「ええ。ご結婚準備の一環として、後宮を整理したのだとしたら潔いです。おなじ男として陛下を尊敬いたします」

「陛下は一生結婚するつもりはないって――」

「気が変わられたのかもしれませんよ。でも、お后様を娶るからといって、後宮そのものをなくしてしまうことはないでしょうね。過去に、わざわざ結婚前に後宮をなくした王がいらしたと聞いたことがありませんし。やはり優秀な跡継ぎを望むなら、女性は複数いた方が良いですから。いったい理由はなんだったのでしょう。妾妃様たちを総入れ替えすることだけが目的だったとしたら、来年のいまごろは、より華やかな後宮になって生まれ変わっているかもしれません」

「ええ。ご結婚準備の一環として、後宮を整理したのだとしたら潔いです。おなじ男として陛下を尊敬いたします」

コリンは他人事《ひとごと》のように――実際他人事なのだが、あっけらかんとした口調であれこれと推理している。大和は相槌も打てず、ただ呆然としていた。


その日、大和の夕食の給仕をしたのは、コリンだった。フロリオは多忙らしく、昼食後から姿を見せない。ひとりきりの味気ない食事を機械的に済ませながら、大和は不意に思いついた。

ウィルの離宮に行ってみたい――。

王城の敷地内にあると聞いているが、どのあたりにあるのだろうか。

「コリンさん……」

「はい、なんでしょうか」

緊張しながらも、それを悟られないよう、大和は食後のお茶を一口飲む。

「ウォード家の離宮は、王城のどのあたりにあるんですか？」

「どうしてそのようなことをお知りになりたいのですか」

質問に質問で返されてしまい、大和は内心慌てた。

「ウィル王子はとてもセンスがいい――つまり美的感覚が素晴らしい方みたいなので、住まいもさぞかし美しいだろうと思って、ちょっと興味が湧いているんです」

そういうことですか、とコリンは人の良さそうな笑顔を浮かべる。大和のとってつけたような言い訳をまったく疑っていないコリンに、罪悪感を抱いた。

「ウィル王子のお住まいは、王城の西の端にあります。この王の居室から距離的にはそう遠くはないですが、回廊を通っていかないとならないので少し歩きます」

「どの回廊ですか？」

大和が重ねて尋ねても不審がらず、コリンは道順を事細かく教えてくれた。

「ヤマト様はいまメリル王子の代役です。ウィル王子を訪ねていっても不思議ではありませんから、離宮に興味がおありなら、正式に面会を申し込めばよろしいかと思います」

「そ、そうなんだ。ありがとう。考えておきます」

お茶を飲み干し、大和は「これからまた勉強するからひとりにしてほしい」とコリンを居室から遠ざけた。食後に一日の復習をするのはいつものことなので、たぶん疑問に思われていない。

大和は急いで侍従の服に着替え、ストールをターバンのようにして頭に巻いた。この世界に来てから一月半。その分だけ髪が伸び、逆に隠しやすくなっている。鏡に自分を映して不備はないかチェックし、掃き出し窓から外に出た。ドアから出ると護衛の騎士が立っており、ひとりで抜け出そうとしても無理だからだ。

毎日散策している中庭のことは、もう知り尽くしている。衛兵が巡回に来る時間も覚えた。守ってもらっていることはわかっていても、四六時中見張られている生活は息苦しい。大和はいつのまにか完全にひとりになれるタイミングを摑み、リラックスできる器用さを身につけていたのだ。

それを今日は意識的に探り、「よし、いまだ」と中庭を囲む高い塀によじ登る。庭木を足場にして、なんとか塀を越えた。そのあとは、一介の侍従見習いの顔をして、堂々と廊下を歩いていく。心臓はバクバクだが、顔には出さない。

コリンに教えられた道順を頭の中で整理し、ウォード家の離宮を目指した。

大和の記憶力が優れていたのか、それともコリンの説明が正確だったのか、ほどなくして離宮らしき建物にたどり着いた。だがここまで来ておいて、大和はつぎにどうするか、どうしたいのか、なにも考えていなかった。

（……中がどうなっているのか、覗けないかな）

王城とは別の建物になっているが、回廊で繋がっている。立派な離れ、といった感じだ。大和の目の前には見上げるほどの玄関扉があり、衛兵は立っていない。王の居室周辺が警戒されているのは、やはりアリソンが王だからか。

ここも高い塀でぐるりと囲まれている。踏み台になりそうなものは見当たらなくて、覗き見は断念するしかなさそうだ。おまけに日が暮れてしまい、あたりはすっかり暗くなっている。

衝動的にここまで来てしまったが、離宮の玄関を見てちょっとだけ落ち着いた。

（だれかに見つかって、不審がられる前にとっとと帰ろう。抜け出したことがバレたら叱られるだろうし、コリンさんの責任問題になっちゃったらマズいよね）

ため息をひとつついて、大和はくるりと踵《きびす》を返した。戻ろう。

「ヤマト？　こんなところでどうしたんだ？」

「！」

人間、本当にびっくりすると体が浮くものだと、大和はこのときはじめて知った。いつのまにかアリソンが背後に立っていたのだ。護衛の騎士を二人連れて。

目を丸くして硬直している大和に、「こんなところまで散策か？」と尋ねてくる。頷くしかない。

「ひとりで？　侍従は？　護衛は？」

「……ひとりで来ました。その、ウォード家の離宮はどんなところだろうって、ふと思ったものですから……。でもあの、深い意味はなくて、ちらっとだけ見られたらいいなと──」

「興味があったのか？　ならば私にそう言ってくれれば良かったのに」

にっこりと微笑んだアリソンは大和の肩に腕を回してくる。そのまま離宮の扉を開けさせて、大和も一緒に中に入ることになった。

至るところにランプが置かれ、簡素な内装を浮かび上がらせている。木製の椅子や素朴な風合いの夕ペストリーが飾ってあった。観葉植物も多く、パッと見は南国のリゾートホテルのようだ。

「陛下、今夜は可愛らしい方をお連れですね」

出迎えたのは年配の女官だ。

「侍従見習いのヤマトだ。フロリオにいま鍛えられている子で、私のお気に入りなんだ。ウィルに紹介しようと思ってね」

アリソンは大和をそんなふうに言ってくれた。黙って抜け出してきたことは察しているはずなのに。

「あらあら、そうですか。さあ、こちらへどうぞ」

出で立ちは女官だが、態度はまるで離宮の女主人のようだと思った。この場所に仕えて長い人なのかもしれない。

アリソンに連れられるまま建物を突っ切り、庭に出る。二つの月に照らされた庭を見て、「わあ」と声を上げてしまった。見慣れた王の居室の中庭と、まったく雰囲気が違っていた。整然と植木が並び、丁寧にハサミを入れられた王の中庭とは真逆で、木々は四方に枝を伸ばし、地面の草は自由に花を咲かせている。けれど雑然としているわけではなく、きちんと手入れしてこの状態を保っているのが窺えた。なにかの雑誌で見た、ワイルドフラワーガーデンに似ている。

「ウィル、今夜は私の大事な子を連れてきたよ」

月光が降り注ぐ東屋に、ウィルがいた。やはりきれいな人だ、と輝くプラチナブロンドに目を奪われた大和だが、すぐに、その胸に抱かれた白いもふもふに気付いた。

（なにあれ）

よく見ると、もぞもぞと動いている。ぬいぐるみではなく、生きている動物だ。いったいどんな種類の生き物だろうか。犬や猫に似ているが、手足が被毛に埋もれるほどに短く、鼻と口は尖《とが》っていない。耳も立っていない。つぶらな黒い目はとても愛嬌《あいきょう》があり、ウィルにすべてを委ねるように抱っこされていた。

「おや、その子は……もしかして、召喚した勇者ですか？」

侍従に化けているのに言い当てられてしまい――というか、ウィルが事情を知っていることに驚いた。

どうすればいいのかとアリソンを見上げると、「ショールを取ってしまいなさい。暑苦しいだろう」と言われ、黒髪を隠すために頭に巻いていたショールを、アリソンにするすると取られてしまう。現れた髪に、ウィルは「なるほど」と頷いた。

「あらためて見てみても、背格好と黒髪黒瞳はメリルによく似ていますね。メリルよりほんのすこし大人っぽいかな」

「実際十八歳だから、メリルより大人なのは確かだ」

背中をトンと押され、大和はぎくしゃくと頭を下げる。

「こんばんは、その……はじめまして、ヤマト・クワハラといいます」

「歓迎の会で一度会っているから本当の『はじめまして』ではないが、メリルの代役としてではない君に会うのははじめてだな。私はウィル・ウォード。ようこそ、私の離宮へ。ゆっくりしていってくれ」

ウィルが控えていた女官たちに目配せすると、東屋のテーブルにつぎつぎと皿が運ばれてきた。酒の瓶も置かれて、酒宴の用意があっというまに整ってしまう。

「ウィル、ヤマトは酒が強くない。あまり勧めないようにしてくれ」

「わかっていますよ、陛下。歓迎の会で、酔ってしまったヤマトをこの目で見ていますから」

あのとき酔っ払ってしまった自覚はあったが、はたから見てもわかるくらいだったらしい。大和は恥ずかしくて俯く。

「陛下が会場からヤマトを連れて去っていく光景は、なかなかに印象的でした。あれは意図的にそうしたのですか」

「半分くらいは意図していたのを認めよう」

「半分ですか」

「あとの半分は、まあ、酔ったヤマトが可愛くて、放っておけなかっただけだ。だれかに介抱を任せようとは思わなかった」

「それはそれは、ずいぶんとご執心で。本物のメリルがヤマトと入れ替わったあと、困ったことになるかもしれないと、すこしは考えてほしかったですね」

「まったく考えていなかったな」

アリソンは大和の肩を抱き寄せて、ご機嫌な様子で笑っているが、大和はまったく笑えない。歓迎の会の醜態をウィルにばっちり見られていたと知り、大和は恥ずかしさのあまり赤面するしかない。

二人は談笑しながら酒を酌み交わしはじめた。大和のグラスにも酒が注がれたので、自分で水差しを傾け、薄める。すでに夕食を済ませていたが、出されたものに手をつけないのは失礼だろうと、目の前のものを少量だけつまみつつ、グラスの酒をちびちびと口にした。歓迎の会で飲んだものとは種類が違う酒のようで、かなり水で薄めたはずなのにすぐ胃が熱くなってくる。

「あのときの君ときたら――」

「いや、あれは――」

ウィルとアリソンは楽しそうで、付き合いの長いただの友人のように見えた。遠慮なくつっこんだりボケたりして楽しそうに飲んでいる。

色っぽい雰囲気にはなりそうにないが、それは大和が同席しているからかもしれない。ウィルが寵童だったのは十年以上前の過去だったとしても、二人のあいだにはだれも割りこめない信頼関係があるようだった。

「ヤマト、寒くないか？　寒いようなら膝掛けを持ってこさせるが」

時折気遣って声をかけてくれるウィルの優しさに、大和は打ちのめされていた。外見がきれいなだけではなく、ウィルは人格者でもあるようだ。アリソンが気に入るのも当然だろう。

ここでは、大和は部外者だ。二人はウォード自治領の話をしはじめた。レイヴァース王国とスタイン自治領のことなら勉強したが、ウォード自治領のことまではまだなにも知らない。話についていけず、手持ち無沙汰の大和は、ついついグラスの中身を飲み干してしまった。

疎外感に悲しくなってしょんぼりと俯いた視界に、白いもふもふが入ってきた。ウィルの膝から地面に降りていた獣が、よちよちとテーブルの下を歩いている。

「おいで」

手を伸ばすと、寄ってきてくれた。そっと膝に抱き上げてみたら、驚くほど軽い。すんすんと鼻を動かして視線を合わせてくる。可愛い。被毛はふわふわのさらさらで、大切に飼われているのがわかる。

「おまえ、名前はなんていうんだ？」

首輪にタグでもついていないかと被毛の中を探っ

てみたが、首輪らしきものはつけていない。くすぐられたと思ったのか、白い獣は「キューキュー」ともがいた。けれど嫌がっている様子はないので、首らしきあたりをもしゃもしゃと掻《か》いてやる。また「キュー」と鳴いて、大和の膝の上でごろごろと転がった。すごく可愛い。癒される。

「ウィル王子、この子は、いつからここで飼われているんですか？」

なんてことはない質問のつもりだったのに、ウィルもアリソンもぴたりと制止し、こちらを見た。

「………俺、なにか変なことを聞きました？」

「いや、そうだな、その子は………一年くらいかな」

「名前はなんていうんですか？」

「名前？　名前は、リングだ」

「リング、リングですね」

抱き上げてリングの顔を自分の顔まで持ってくる。するとリングが小さな舌を出して、ぺろりと大和の鼻を舐めた。その瞬間、「あっ」とウィルが声を上げる。アリソンも唖然としていた。動物が親愛の情を表現する手段として顔を舐めてくるのはよくあることだと思っていたが、こちらの世界では違ったのだろうか。

「………マズかったですか？」

「いや、いいんだ」

ウィルがなにかを誤魔化すように咳払《せきばら》いをして、腰を浮かす。大和の手からさっとリングを持っていってしまった。飼い主の前で可愛がりすぎたのかもしれない、と大和はちょっと反省する。でももっと触りたかった。つい恨めし気な目でじーっとリングを見つめてしまう。

「ヤマト、ずいぶんとあの獣が気に入ったようだな。でもあれはウィルの大切な生き物だから」

ほら、とブドウに似た果実を差し出される。一粒もらって食べたら、甘酸っぱくて美味しかった。が、こんなもので宥めようとするアリソンにムカついた。

ウィルと仲が良いのはわかった。でも酒を酌み交わしながら談笑するだけなら、毎晩でなくてもいいような気がする。大和を寂しがらせてまで離宮に通う意味が、さっぱりわからない。大和のすべてに責任を負うと言っていたくせに、ほったらかしにするとはどういう了見なのか。

ここのところ、約束だった読み聞かせもしてくれていないし――。

「陛下、俺も欲しいです」

「ん？　なにを？」

「あの白い獣」

「えっ……」

アリソンの反応から、あの獣が希少で、そう簡単には手に入らないものだとピンときた。なぜだか猛烈に困らせてやりたくて、大和は「欲しい」を連発した。

「あれが、欲しい。どこに売っているんですか。売っていないなら、捕まえてきてください。あれが欲しい。どうしても欲しいです」

「いや、ちょっと待て、ヤマト、あれは……」

「俺、毎日頑張ってます。メリル王子の代わりに貴族たちのお茶会にだって行くし、言われるままにすごく勉強しています。ご褒美ください。最近は本の朗読をぜんぜんしてくれていないじゃないですか。あれがご褒美だったはずです。朗読できないなら、俺もペットが欲しい。あの白いもふもふの獣が欲しい」

「ペットというのは愛玩動物のことか？　だったら鳥はどうだ？　いま貴族のあいだで小鳥を飼うのが流行《はや》っているらしい。言葉を覚える種類のものもいるそうだ」

「鳥なんていらない。俺が欲しいのは、あの白い獣です。あれでないと嫌です」

「だから、あれはダメなんだよ」

アリソンが困惑した様子で大和の顔を覗きこんでくる。

「どうしたんだ、ヤマト？　そんなわがままを言う子じゃないだろう？」

「欲しいったら欲しい！」

「あっ、こんなに酒を飲んで……酔っているんだな？」

大和の前には、空になったグラスが三つも並んでいた。酔っているのかもしれない。でも白い獣を可愛いと思い、欲しくなったのは本当だ。

「ウィル、すまない。いつものヤマトは聞き分けが良くて、こんなことは言わない子なんだ。悪酔いしてしまったようだ」

アリソンがウィルに謝っている声が聞こえる。自分のせいでアリソンが謝罪しているのは申し訳ないと思う一方で、ざまあみろと子供っぽく拗《す》ねた気持ちにもなっていた。

「陛下、ヤマトはメリルの代役として本当に頑張ってきたのでしょう。いきなり異世界に連れてこられて、重大な役目を与えられるなんて、十八歳のころの私ならできなかったかもしれません。いま酔っているのは本当のようですが、その発言はずっと胸の奥にしまっておいた本音なのかもしれませんよ」

そんな風に分析しないでほしい。居たたまれなくなる。

人格者で美形のウィルと、地道に頑張るしかない、なんの取り柄もない自分では違いすぎて悲しくなる。

アリソンへの恋を自覚して、人を好きになれる自分にわずかな希望を見出《みいだ》したはいいが、ライバルははるか高みにいて、勝負にすらなりそうにない。

アリソンは、大和がここに来たばかりのころは、もっと構ってくれていた。可愛いと言ってくれた。

きっと、最初は異世界の人間が物珍しかったのだろう。気が済むまで構って、もう飽きたのかもしれない。用済みになったら、大和はどうなるのか。口を封じるような非道はしないと信じているが、あるていどのまとまった金を渡されて、放り出されるのかもしれない。

そして、アリソンには二度と会えなくなるに違いない――。

「ううぅ……」

想像しただけで悲しくなって、涙がこぼれた。

「どうせ俺なんか……どうせ……」

「ヤマト、ヤマトどうした？　なぜ泣く？　どこか痛いのか？　泣かないでくれ」

慌てた声でアリソンが抱きしめてきたが、大和は抵抗した。スキンシップで誤魔化されたくないし、優しくされたらされたで余計に悲しみが募るだけだ。

「もう嫌だ。もう帰りたい」

「ヤマト？」

「元の世界に帰りたい。もうここは嫌だ……」

帰れないとわかっていても、つい口からこぼれてしまった。張り詰めていた糸が切れてしまったのかもしれない。

元の世界にもし戻れたとしても、大和を待っているのは未来を閉ざされた貧しい生活だけだ。コンビニのバイトとしてしか必要とされず、だれも大和を構ってくれない。どうせ戻ったって、なにもないのに、ここにいるよりはマシだと思えてしまった。

「帰りたい、帰りたいよぅ」

大和は絶句しているアリソンがどんな表情をしているのか知ることなく、酔いに任せて、ただひたすらにおのれの悲哀にどっぷりと浸かって泣き続けた。

目覚めは最悪だった。

まず、目が開かない。まぶたが腫れていて、すこぶる視界が悪かった。そして胸がムカムカとして気持ちが悪かった。

（……なんで、こんなことになってんだっけ……？）

原因が思い出せなくてもぞもぞと布団の中で寝返りを打っていたら、「お目覚めですか」とフロリオに声をかけられた。

「ヤマト様、すでに朝食のお時間を過ぎておりますが、どういたしますか」

「えっ、寝坊した？」

焦って体を起こした瞬間、ひどい頭痛に悶絶《もんぜつ》した。ズキンズキンと頭の中でなにかが大暴れしているような痛みに、大和はのたうち回る。

「二日酔いのようですね。ご気分はどうですか？胃に不快感はありますか？」

言葉を発することもできず、大和は小さく頷いた。フロリオは水と薬包を差し出してきた。手を貸してもらって上体を起こし、促されて薬を飲む。苦くて不味《まず》かったが、楽になるからと言われておとなしく飲んだ。

一息つくと、昨夜の醜態がつぎつぎと思い出されてきて、また別の頭痛に苛まれる。ウィルの離宮で悪酔いして恥ずかしいわがままを言った。やはり自分は酒に弱いようだ。歓迎の会でも酔ってしまったが、これほどの二日酔いにはならなかった。きっと昨夜の酒は、大和には合わない種類のものだったのだろう。そうと知らずに、苛立ちを誤魔化したくてぐいぐいと飲んでしまった。

アリソンとウィルは、大和のことをどう思っただろう。とんでもなくマナーがなっていないわがままな小僧だと呆れたにちがいない。

「ごめんなさい……。朝食は食べられそうにないです……」

「無理に召し上がらなくてもいいです。頭痛が治まって、気分が良くなるまで横になっていてください」

午前中の勉強は休みにしましょうと言われ、大和はため息をつきながら了解した。

「ヤマト様、離宮へはおひとりで行かれたそうですが、どうやって行かれましたか？」

水差しとコップをベッドサイドのチェストに起きながら、フロリオがさらっと聞いてきた。背中に冷や汗が滲む。やっぱり問題になってしまうのか。

「……その、食後に散歩したくて、ぶらぶらしていただけです……」

「ウォード自治領の離宮までは距離があります。一度も行ったことがないところまで、ぶらぶらと歩いているだけでたどり着けるとは思えません。どこから抜け出して、だれに場所を聞いたのか、教えてください」

詰問口調ではないが答えるまで動かないぞという、フロリオの意志を感じ、大和は観念した。しょせん、人生経験が浅い十八歳だ。ベテラン侍従長に勝てるわけがない。

大和は中庭の塀を越えて抜け出したことと、コリンに道順を聞いたことを白状した。

「あの、フロリオさん、コリンさんを責めないでください。俺が無理やり聞き出して、勝手に抜け出したんです。どうしても、その、ウィル王子が住んでいる場所に行ってみたくて」

「行ってみたかったのでしたら、そうおっしゃってくだされば良かったのです。日を改めてご案内いたしました」

「それは……たぶんそうしてくれるだろうなって、わかっていたけど、俺はどうしても昨夜、気になってしまって。陛下が毎晩行っているっていうから、いったいなにをしているのか、ウィル王子とどういう関係なのか、知りたくて、じっとしていられなくなったんです」

頭が痛い。胃のあたりが気持ち悪い。自分が情けない。寝坊して、アリソンはもう仕事に行ってしまったみたいで会えなかった。昨夜の醜態を謝罪することもできない。今晩は帰ってきてくれるのだろうか。

「ごめんなさい、全部俺が悪いです。俺が、なにも気にしなければ良かったのに、そんな立場じゃないのに、どうしても陛下が、陛下のことが、ウィル王子と――」

「ヤマト様、落ち着いてください」

大和は目尻に滲んだ涙を指で拭い、ベッドからフロリオを見上げる。

「……ごめんなさい……」

すべてに対して謝りたい。自分のことしか考えていなかった。

「ヤマト様はお疲れなのです。今日は午後の講義もお休みにしましょう。一日ゆっくりと、お好きなことをして過ごしてください」

この世界に来てから丸一日休みだったことなどない。休んだら、それだけいろいろな予定が遅れてしまうからだ。

「でも……」

「ヤマト様には休息が必要です。もうずいぶんとメリル王子らしくなりました。ここにきて一日くらいお休みになっても、たいした遅れではないでしょう」

「そうですか？」

「大丈夫です」

フロリオがいかつい顔でにっこりと笑ってくれたので、大和はホッと全身の力を抜いた。すると薬が効いてきたのか、いくぶん頭痛と胃のむかつきがマシになってきたようだ。柔らかな布団に沈みこむようにして目を閉じる。もう一度、眠れそうだ。

「………おやすみなさい……」

細い声で告げたが、フロリオはなかなか立ち去らなかった。どうしたのかな、と目を開けると、じっと大和を見下ろしている。

「ヤマト様、ウィル様の離宮へ出かける陛下が、そんなに気になりましたか」

「えっ……と、あの、その……」

「陛下とウィル様の仲を邪推されていますか。お二人が特別に親密な関係にあると、だれかに聞きましたか？」

咎めるような口調に、大和は首を竦めた。

「ヤマト様」

「は、はいっ」

「だれかに聞きましたか」

「………聞きました」

「それはだれですか」

言ったらまずいような気がするが、黙っているとまた「だれですか」とフロリオは再度詰問してくる。だれに聞いたのか、フロリオにとっては重要なことらしい。

「……ガッティさんです」

「そうですか」

フロリオがフッと微笑んだので、これで解放されるかと思いきや、「どんなふうにガッティは話していましたか」と詳細な報告を求めてきた。それで仕方なく、ウィルがアリソンの寵童だったという話を聞かされたことや、メリルが予定通りに王城に入っていたらおなじ目にあわされていただろうと心配していたことを喋った。

「なるほど」

フロリオは鷹揚《おうよう》に頷き、「貴重なお話をありがとうございました」と礼を言った。

どこがどう貴重な話だったのかさっぱりわからなかったが、フロリオが退室していったあと、いろいろと考えこんでいるうちに、大和は今度こそ二度寝に突入していったのだった。

◇◇◇

大和の泣き顔が頭から離れない。

『もう嫌だ、もう帰りたい』

目の前であんなに泣かれて、胸が張り裂けそうになった。酔っているからこその本音ではないかとウィルに言われ、衝撃を受けた。

（もしそうなら、どうしよう……）

大和に好かれていると思っていた。嫌われているかも、なんて考えたことがなかったアリソンは、激しく動揺していた。

「陛下、つぎはこちらの書簡です。目をお通しください」

王の執務室で、横から文官が流れ作業のようにつぎつぎと書類を差し出してくる。機械的にそれを読み、必要なものには署名する。

王としての大切な仕事に従事しながら、アリソンの頭の中はほぼ大和のことでいっぱいだった。

アリソンは大和を愛している。とても可愛い。大和以外に愛《め》でるつもりはなくなったから、後宮を閉鎖してしまった。もう大和しかいらない。大和だけがいればいい。

大和もすくなからずアリソンを好きでいてくれると思っていた。抱きしめても嫌がらないし、アリソンを潤んだ目で見つめてくる。期待に応えようと頑張ってくれている。メリルの呪いが解けてすべてが解決したら、大和を抱いて身も心もおのれのものにし、恋人として公の存在にするつもりだった。大和もそれを望んでくれていると疑っていなかった。

だが思い返してみれば、アリソンはそんな話を大和としたことはない。アリソンは勝手に、大和が自分を好きでいてくれると思い、恋人になってくれると決めつけ、一生ここで暮らしてくれるだろうと明るい未来を思い描いていた。

自分が拒まれるかもしれないなんて、想像もしていなかった。

アリソンは生まれたときから次代の王として扱われてきた。なにをしても、なにを言っても、許される立場だった。手に入らないものはなかったし、思う通りにならないのは天気くらいだった。思春期以降、好意を抱いた相手には拒まれたこともなかった。

この年になってはじめて、アリソンは思う通りにならないことがあると知ったのだ。

元の世界に帰りたい、もう嫌だと泣いた大和を、アリソンはどう慰めていいかわからなかった。泣かないでくれと訴えても、大和は泣き続けた。慰めたくて抱きしめようとしたアリソンの腕を拒んだ。

思い返せば、昨夜の大和は様子が変だった。ひとりで居室を抜け出して離宮まで行ったようだし、酒に弱いとわかっているはずなのに飲んでしまっていた。あげくに白い獣がどうしても欲しいと、幼子のように繰り返し駄々《だだ》をこねた。

いつもの大和ではなかった。なにかあったのだろうか。

このところ大和に接する時間が少なくなっていて、フロリオから詳細な報告を受けていてもわからないことが多い。

なにも知らない無垢な大和を落とすなんて造作もないと思い上がっていた自分を殴ってやりたい。泣いている大和に手も足も出なくて、どうすればいいのかわからなくて、途方に暮れたアリソンに、ウィルが苦笑してこう言った。

『陛下、まるではじめての恋にうろたえる少年のような顔をしていますよ』

あからさまな揶揄だったが、アリソンは笑うことも怒ることもできなかった。意味がわからなかったからだ。

『ご自分でわかっていないのですね。可哀想な人です』

ウィルに哀れまれ、余計にわからなくなった。

いまのアリソンの世界は、大和を中心に回っている。大和が笑えば嬉しいし、大和が泣けば悲しい、大和が望むならなんでもしてあげたいと思うし、大和をだれにも渡したくない。

なによりも重要だと考えてきた王としての責務すら、天秤《てんびん》にかけたらどちらに傾くかわからないほどに大和の存在が重く大きくなっている。だが――。

（はじめての恋だなんて、そんなことはない）

アリソンは十八歳で後宮を持つ前から、いくつもの恋の駆け引きを楽しんでいた。好きでたまらなくて、逢瀬《おうせ》を重ねた相手だっていた。だれとも長続きしなかったのは、アリソンにそうしたいという気持ちがあまりなかったからだ。

（……ちょっと待て。長続きしたいと思わなかったのは、本気ではなかったからか？）

ますます混乱してきた。本気で好きだったはずだ。遊びの相手もいたけれど。

（でも別れたとき、そんなに悲しくなかったのはなぜだ……）

自問自答して、混乱に拍車がかかる。

大和に会えなくなったら、きっと身が引き裂かれるような苦しみを味わうだろうと、予想がつく。血の涙だって流すかもしれない。このちがいはなんだ。

後宮を閉鎖したことも、いま思えば我ながらおかしい。歴代の王たちは、正妃の有無にかかわらず後宮を維持していた。美姫を集めて愛でるのは王、あるいは王太子として当然の権利であり、何人にも非難されることではないからだ。それなのにアリソンは、大和が嫌がるだろうと予想して――加えて大和がいてくれれば妾妃に興味が湧かなくなるだろうと思い——後宮をなくしてしまった。なんのためらいもなく。

（私はおかしくなってしまったのだろうか）

はじめて自分に疑問を抱いた。頭がおかしくなってしまったとしたら、いつまでも王でいるわけにはいかない。アリソンはハッとした。

（まさか、大和が異世界から未知の病気を持ちこんでいて、最も近くにいた私がそれに罹患《りかん》していたとしたら……）

これはマズい、とアリソンはいきなり立ち上がった。横に立ち、執務の補助をしていた文官が驚いてのけ反る。

「陛下？」

「休憩する」

「まだいつもの休憩時間ではありませんが」

「すこし席を外す」

文官たちが「お待ちください」と引き留める声を無視して、アリソンは執務室を飛び出した。そのまま脇目もふらずに王の居室まで駆け抜ける。護衛の騎士たちが慌てて追いかけてきたが、構わずに走った。自分の部屋の扉を勢いよく開け、中に駆けこむ。びっくりして目を丸くしている侍従たちに「フロリオは？」と尋ねると、「寝室だと思います」との返事。そのままの勢いでつぎの扉を開けたら、寝室から出てきたフロリオを見つけた。

「フロリオ、大変だ」

「陛下、ヤマト様が眠っております。お静かに」

「あ……」

そうか、と閉じられた寝室の扉を見遣る。フロリオは前室の侍従たちに「心配はいらない」と声をかけ、そっと扉を閉じた。居間に二人きりになる。

「ヤマトの様子は？」

「二日酔いです。薬湯を飲まれたので、しばらくお休みになられたら良くなるでしょう」

　そうだろうと思っていたが、ホッと安堵する。

「それよりも、陛下、どうかなさいましたか」

「フロリオ、私は病気かもしれない」

「どんな症状ですか。御典医を呼ぶ前に、わたくしがすこし体調を伺います」

「情緒不安定だ。苛々するし、いつもより食欲がない。どうしてもヤマトのことが頭から離れなくて執務に集中できない。まだ発熱はないようだが、私はもしかしてヤマトがこの世界に持ちこんだ未知の病気に罹患しているのではないだろうか」

　王として、これは大問題だ。場合によっては退位してデリックを即位させなければならないかもしれない。フロリオは何度か瞬きをしたあと、「なるほど」と頷いた。

「ほかには、なにかありますか」

「昨夜、ヤマトが元の世界に帰りたいと泣いたんだ。私は胸が張り裂けそうに痛くなった。いまでもジクジクと疼くような痛みが続いている。ヤマトの望みならなんでも叶《かな》えてあげたいが、元の世界にはもう戻れないし、戻れたとしても私はそれを許すつもりはない。ヤマトも戻れないことを知っているはずだ。私はどうしたらいいのかわからなくて、途方に暮れている」

「そうですか」

「こんな気持ちになったことは過去にない。ウィルははじめての恋にうろたえる少年のようだとからかったが、それはちがうだろう。私はきっと病気だ。典医を呼べ。伝染性の病気なら大変なことになる。私を隔離する準備をしろ」

「陛下、落ち着いてください。大丈夫です。陛下は病気ではありません」

　フロリオの暢気《のんき》な口調に、カッと頭に血がのぼった。

「なにを悠長なことを言っている。それでも侍従長か。私のこの様子を見ればわかるだろう。頭がおかしくなっているんだぞ！　国家存亡の危機だ！」

「陛下、陛下、お静かに」

大和が扉一枚向こうで寝ていると思い出し、アリソンはぐっと唇を噛んで音量を控えた。

「………おまえが、私は病気ではないと断言する根拠を言え」

「申し上げてもよろしいのですか」

「いいから、言え」

フロリオはすこし逡巡したあと、おもむろに口を開いた。

「陛下は、ある意味、ご病気かもしれません」

「そうだろ？」

「最後までお聞きください。陛下はおそらく、ある特殊な症状に見舞われております。ですがこれは、だれもが人生において一度か……まあ二度か、多い方は何度でも罹《かか》るようなもので、感染性はありませんし、御典医にわざわざ足を運んでもらうほどのことではありません」

「つまり、なんだ？」

「人はこれを、恋煩《わずら》いと申します」

「……………は？」

アリソンは生まれてはじめて、ここまで魂が抜けた「は？」を言った。ぽかんと口を開けているアリソンに、フロリオが生ぬるい目を向けてくる。

「わたくしの落ち度かもしれません。陛下が三十二歳にもなって初恋を済ましておられなかったとは、存じ上げませんでした。ここまで動揺なさる前に、なんらかの手を打てたでしょう。陛下に自覚を促すなり、お二人の仲が進展するように働きかけるなり、侍従としてお助けできることがいくつかあったと思います。申し訳ありません」

フロリオが深々と頭を下げるのを、アリソンは呆然と眺めた。

「おまえ……………」

「陛下もお疲れのようですね。ここのところ満足に休息日を取られませんでしたから」

フロリオに手を引かれ、寝室の扉の前に立つ。

「ヤマト様が不足されているのではないかと思います」

「ヤマトが、不足？」

「そうです。執務も大切ですが、私生活を充実させることも大切です。いまの陛下にはヤマト様が必要なのでしょう。お休み中ですが、一目、寝顔だけでもご覧になってきてはいかがですか」

静かに扉が開けられて、同時にアリソンは背中を押された。無礼な行いだったが、叱る前に優先すべきことがあった。天蓋の下で、大和が身動いだのだ。やはり隣室での騒ぎが、大和の眠りを妨げてしまったようだ。急いで寝台に駆け寄るアリソンの背後で、扉がパタンと閉められた。

「ん……っ」

寝台を囲む布をかき分け、寝返りを打つ大和を見下ろす。なぜか眉間に皺が寄っていた。不快な夢でも見ているのだろうか。こういうときは起こした方が良いのかどうか迷いながら、しかめっ面も可愛い、とアリソンはほっこりする。

こうしていると、心が落ち着いてくるのがわかった。フロリオが指摘した『大和が不足している』という意味が理解できる。実際多忙だったわけだが、それでもなんとか大和との時間を捻出しなければならなかったのだ。自分のためにも、大和を理解するためにも。

大和がなにを不満に思っていたのか、どうしてひとりで部屋を抜け出して離宮まで行っていたのか、アリソンは察することができなかった。大和のことをだれよりも知っていると自負していたが、たかが数十日一緒にいただけで、人の気持ちのすべてがわかるわけがない。

わからない、という当たり前のことがわからなかったわけだ。王として、一人の男として、猛省しなければならない。

（恋煩い……か）

まさかフロリオにそんな診断を下されるとは思ってもいなくて驚愕したが、そう言われても仕方がないほどの動揺ぶりだったかもしれない。

（可愛い……）

大和の寝顔がキラキラして見える。食べてくださいとお願いされているような錯覚に陥った。

（……すこしだけなら、触れて良いだろうか……）

そっと身を乗り出して、大和の唇に自分のそれを近づけていく。心臓がドキドキとうるさいほどに鳴っていて、アリソンは鼻息が荒くならないように慎重に呼吸しなければならなかった。触れるだけのくちづけをして、サッと離れる。大和は目覚めていない。良かった。

大和の唇は柔らかかった。頬と額には何度かくちづけていたが、唇ははじめてだ。大和とのはじめてのくちづけを、こんなふうに盗むようにしてしまった自分がいかにこじらせているか、いい加減に自覚しなければならないような気がする……。

じっと見つめていたら、今度はムラムラしてきてしまった。大和が来てから妾妃を抱かなくなった。あげくに後宮を閉鎖してしまい、欲求不満になっているのかもしれない。思春期以降、いわゆる『溜まっている状態』になったことがなかったので、新鮮な感覚だ――なんて、悠長なことを言っている場合ではない。これ以上そばにいたら無体なことまでしてしまいそうで、アリソンはもう執務に戻ろうと決めた。

（でも、もう一度だけ）

ぐっすり眠っているようだから起きないだろうと、アリソンはふたたび唇を寄せた。柔らかな唇はすこしカサついていて、そんなところにも愛しさをかきたてられ、つい唇を動かして吸ってしまった。

パチリ、と大和が目を開けたのは、その直後だ。鼻先が触れそうなほど近くにあるアリソンの顔を、愕然と見つめている。驚いたのはアリソンも同様だ。そのまま動くことができず、なにか弁解しようにも頭が真っ白になっている。

「陛下……」

じわりと黒い瞳が潤んだ。泣かせた、とアリソンはまたもや慌てた。大和の前では、大人の冷静さなどどこかへ消えてしまうようだ。

「ヤマト、すまない。君が寝ているあいだにくちづけてしまった。すまない。許してくれ」

「……どうして？」

「どうしてって……君があまりにも可愛いから」

「俺のこと、からかっているんですか」

「からかうなんて、とんでもない。愛しいと思っている。だからくちづけた。了承も得ずにそんなことをしてしまって、申し訳ない」

アリソンとしては精一杯の謝罪をしているつもりだったが、大和の心には響いていないようだ。黒い瞳を潤ませた涙が、ついに目尻からこぼれ落ちる。考える前に体が動いていた。アリソンはこめかみを伝う涙を、唇で受け止めた。塩辛い味がした。

「やめてください。触らないで」

「すまない」

大和が嫌がってもがいたが、アリソンが覆い被さった体勢でもぞもぞと動かれてしまい、あやうく漏れそうになるくらい高ぶった。最低の反応だ。大和は抵抗しているのに、それがたまらなく可愛くてそそるなんて、自分はいつから異常性愛者になってしまったのか。

「陛下は、俺をどうしたいんですか」

「どうって、心から慈しんで愛でたいと思っている」

「わかんない。その言い回し、なんなの？　どのレベルの話？　陛下にとって俺は物珍しいペットなんじゃないの？」

「ヤマト、待て、ちょっと、なに？　レベル？　程度がなんだって？　ペットとは愛玩動物のことだったな？」

魔道の翻訳効果には限界があるのか、早口で大和が発した言葉の意味がよくわからない。ただ寝台から下りて逃げようとしている大和を、このまま離してしまってはまずいような予感はしていた。時間を置いたら逆効果だ。大和は自分解釈でいろいろと結論を出してしまいそうで、それが怖い。

大和が動けないように、アリソンは本格的に圧し掛かった。寝台に縫い付けるようにして華奢な両腕を押さえつける。乱暴をしたつもりはなくとも、体格差がある男からこんなことをされたら怖いのか、大和は傷ついた表情でアリソンを見上げてくる。

「……俺をどうするつもりなんですか……。エッチなことしたいの？　そういう雰囲気なんていままで出さなかったのに、なにいきなり……」

エッチとは性交のことだろう。ここで正直に、したいことはしたいが無理やりしたいわけではないと言えば良いのか、それともくちづけしたのは親愛の情だとでも誤魔化せばいいのかどうかすら、情けないことにアリソンは判断できなかった。

「泣かないでくれ、ヤマト。私は君を泣かせたいわけではない」

「じゃあ離してください」

「ダメだ、いまここで離したら、君はもう私を近づけさせてくれなくなる。遠ざけるだろう？　二度とこんなふうに距離を詰めることを許さないに違いない」

「わかってるなら、どうしてキスなんてしたんだよっ。俺、はじめてだったのに！」

　また涙が溢れて、大和の白いこめかみが濡れる。

　キラキラと輝く宝石のような涙に目を奪われながら、アリソンはいま重大なことを聞いたような気がして、「えっ」と間抜けな顔を晒《さら》した。

「はじめて？　さっきのくちづけが？　もしかして、だれともしたことがなかったのか？」

「ないよ！　俺のファーストキス返せ！　クソ馬鹿お調子者の○※◎△#◆☆※～！」

　もはや翻訳不可能な罵詈雑言《ばりぞうごん》を浴びているらしい、としかわからなかった。大声で叫んだ大和は、ぜぇぜぇと苦しそうに喘《あえ》いだ。まだ二日酔いが残っているせいで、それだけでも体力を使ったのだろう。

「ヤマト、落ち着いて。ヤマト」

「離せ、馬鹿！」

「わかった、わかったから」

　アリソンは押さえつけていた両手を離し、大和の傍らに身を横たえた。これ以上怒らせないよう、そっと手を伸ばして大和の濡れた目尻を拭いてやる。

「悪かった。君の許可なく唇を奪ってしまったことは謝る。初心だとは感じていたが、まさか十八にもなってまったく経験がないとは思わなかった」

「くっそ、もう、ひとこと余分なんだよ！」

　どうやら大和は興奮すると言葉遣いが荒っぽくなってしまうらしい。それはそれで可愛いが。

「でも私は君の無垢な唇を奪えたことを喜んでいる。私のために大切に取っておいてくれたのかと思ってしまうほどに」

　浮き立つ気分を素直に言葉にしたら、大和が頬を赤く染めながら怪訝なそうな目をした。

「陛下、頭は大丈夫？　なんか、おかしなことを言ってるけど」

「ああ、いま私はおかしくなっているようだから気にしないでくれ」

「おかしくなっているって？」

さっきまで泣いていたのに、大和が心配そうにアリソンを見つめてくる。なんて優しい子だと、全身が蕩けそうになった。大和の唇を指でなぞる。私しか知らない唇なのか、とニヤニヤが止まらない。

「陛下……、顔面が崩壊しかかっているけど、本当に大丈夫？」

「ん？　そうか？　大丈夫、私は生きているよ」

頬や顎を撫でて、耳も摘《つま》んでみる。どこもかしこも可愛い。食べてしまいたいくらいだ。大和はなにかを諦めたような顔でじっとされるままになってくれた。

「ヤマト、もう一度くちづけてもいいだろうか」

「……嫌だって言ったら、どうなるの。俺を罰する？」

「どうもならない。ヤマトを罰するなんてあり得ない。ただ私が残念な気持ちになるだけだ」

大和はアリソンを澄んだ瞳で見つめたあと、ゆっくりと目を閉じた。了承と取り、アリソンはくちづける。いきなり舌を入れては驚くだろうと思い、それは我慢した。上唇と下唇を交互に食《は》み、最後にチュッと軽く吸ってから離れた。

大和は頬だけでなく、額も、耳も赤くなっていた。アリソンと視線が合わないように、どこか遠くを見ている。嫌悪感は微塵《みじん》もそこにないように思う。それだけで小躍りしたいくらい嬉しかった。

「……あの、陛下……」

「なに？」

「後宮を閉鎖したって聞きました。どうしてですか？」

「私にはもう必要ないと思ったからだ」

「……もしかして、溜まっているんですか。だから俺に、こういうことをしたくなったんですか？」

「欲求不満で君にくちづけたわけではない。ただ純粋に、君を食べてしまいたいくらいの愛しさがこみあげてきて、我慢できなくなったんだ」

「た、食べる……って、やっぱりエッチしたいってことですよね？」

また涙目になった大和がキッとアリソンを睨んでくる。男心を刺激しまくる表情だ。

「その、正直に言えば、君としたいと思っている」

「やっぱり」

大和の唇がぐっと歪《ゆが》められ、口角が下がりまくる。

「でも俺、後宮の妾妃さんたちと同レベルのサービスを求められても、できませんよ。無理ですよ。だって経験ないんですから！　そもそも男だし！　あっ、ウィル王子も男でしたね。高貴な生まれの人は若いうちにプロからそっち方面の手解《てほど》きを受けるかもしれないけど、俺はなんにも知らないから。マジでなにも知らないしできないから、も、も、求められても、無理だから！」

わーっとまくしたてた大和は、またもやぜぇぜぇと喘いでいる。アリソンは勢いに押されてなにも言い返せず、ぽかんとしてしまった。けれど時間とともに大和の主張が飲みこめてきて、じわじわと笑いがこみあげてくる。

「ヤマト、君は本当に……」

なんて愛しい生き物だろう。こんなに純粋で正直で可愛らしい人を、アリソンはほかに知らない。大和にとって、アリソンが王であることなど関係ないのもすごいことだ。

「ヤマト」

「いますぐってのは無理だからね？」

「では、いつならいい？」

「えっ………」

大和が困惑したように視線を泳がせている。本人は気付いていないようだが、彼は「なにも知らないから無理」としか言っておらず、アリソンに体を触られるのは嫌、抱かれるのは無理とは言っていない。

「陛下は、いつまでなら待てるの？」

おずおずと尋ねてこられて、アリソンは吹き出しそうになるのを耐えた。

「そうだな、いつだろう。あと三日なら待てるかな」

「三日？　ちょ、焦りすぎだろ、それ。えと、せめて五日。いやいや、できれば十日……」

「十日か。そんなに待てるかな」

「心と体の準備が必要だから、待っててもらわないと！」

「待てなかったら、寝込みを襲ってもいいか？」

「えーっ、それはダメでしょ。人として、ダメなことはダメだから。いくら王様でも」

「そうか、ダメか」

ついにアリソンは笑い出してしまった。布団ごと大和をぎゅっと抱きしめる。身動きできない状態の大和が「苦しいです」ともがいたが、アリソンはしばらく離さなかった。

「あの……」

じっとしていた大和がもそもそと動く。黒い瞳がちらりとアリソンを見て、すぐに伏せがちになる。

「昨日のこと、すみませんでした。酔っていたとはいえ、人のペットを欲しいなんて騒いでしまって……。ウィル王子には申し訳ないことをしました。すごく反省しています。今度、ウィル王子に謝罪したいと思っています」

「ヤマト、ウィルは気にしていなかったよ」

「でも、突然の訪問だったにもかかわらず、もてなしてくれたウィル王子の離宮で醜態を晒してしまったし……」

ウィルは気にするどころか、酔った大和のわがままと、それにうろたえるアリソンの様子を面白がっていたのだが、それはここでは言わない方がいいだろう。

「わかった。では、今度ウィルに謝りにいこうか」

こくん、と頷く大和を、アリソンはまたぎゅっと抱きしめた。可愛いが溢れている。

「白い獣のことは、諦めてくれないか、ヤマト。じつは、あれは魔道で作り上げた獣なんだ。あれ一匹しかいないから、君にあげることはできない」

「魔道……。動物を作ることもできるんですね。へえ、そうだったんだ……」

「君の望みならなんでも叶えてあげたいんだが」

「いえ、いいんです。わかりました」

大和は納得してくれたようで、唇にちょっと笑みを浮かべてくれる。我慢できなくて、アリソンは素早くくちづけた。目を丸くした大和がさらに顔を真っ赤にして怒った表情になるまでは早かった。

「だから、そういうことは、いきなりしないでください！」

「では、いまからするぞ、と予告すればいいのか？」

「ダメです」

「ではどうすればいい？」

「そんなの知りません！」

唇を尖らせて怒りを表している大和だが、アリソンの目にはやはりとてつもなく可愛らしい表情にしか見えないのだった。

◇◇◇

「どうしました？　ヤマト様、心ここにあらずといった感じですね」

ガッティにそう指摘され、大和は我に返った。王の書斎でガッティから講義を受けている真っ最中だったのに、大和はまったく別の考え事をしてしまっていた。

「……すみません」

素直に謝った大和に、ガッティが苦笑いをする。

「今日はここで終わりにしましょうか」

「いえ、大丈夫です。まだ今日の分が終わっていません」

「でも集中できていないようですし……」

ガッティが書斎の隅で見守ってくれていたフロリオにアイコンタクトをする。侍従長が頷いたので、講義は終了となってしまった。自分の至らなさに落ちこみつつ、大和は心の半分ではホッとした。

ここ数日、ふとした瞬間にアリソンのことを考えてしまうのだ。いや、ふとした瞬間どころではないかもしれない。その瞬間が数珠つなぎになっていて、ほぼ一日中に近い。それもこれも、伽を求められてしまったからだ。

（十日の猶予のうち、もう五日もたっちゃったよ。どうすんの、俺……）

五日前、二日酔いでだらだら寝ていたらアリソンが寝室に入ってきて、いきなりファーストキスを奪われてしまった。そして真っ昼間から、大和とセックスしたいと迫ってきたのだ。一月半もひとつのベッドで寝てきて、アリソンはそういった気配はまったく醸し出していなかった。それなのにいまさら、である。

（後宮を閉鎖しちゃったから、絶対に溜まってるんだよ。だから、俺にその気になったに決まってる。俺、なんにもできない。マグロにしかなれないのに……）

奉仕されることに慣れているはずのアリソンが、マグロ状態の大和を前にして、どう思うだろうか。つまらない、面白くない、気持ち良くない、もう二度と伽なんか命じない――、となるに違いない。

（嫌われたくない……呆れられたくない……がっか

りされたくない……）

アリソンのことを好きだと自覚したから、求められるのは嬉しい。急だなとは思うけど、大和だって十八歳の健全な男だ。好きな人との性行為に興味はある。いままでセックスに嫌悪感しか抱かなかった自分からしたら、かなりの進歩だ。

大和はきっと愛のないセックスができない性質なのだろう。好きな人ができなかったから興味もなかったのだ。

フロリオが「お茶をお持ちします」と書斎を出て行くのを、ぼんやりと見送る。

「ヤマト様、なにか悩み事がおありですか？　この数日、勉強に身が入っていないようにお見受けしますけれど」

二人きりになってから、ガッティがこそっと小声で尋ねてきた。ずっと講義を続けてきた彼は、大和の様子がおかしいことに気付いていたようだ。大和は「うん……まあ」と言葉を濁す。

「わたくしには話せませんか」

「………ガッティさんにだけ話せないってわけじゃないです。だれにも、まだ言っていないから」

フロリオにすら打ち明けていない。侍従長なのだからアリソンに求められたことを伝えておいた方が良いのかもしれないが、なかなか大和からは言えるものではない。

「もしかして、陛下のことで？」

言い当てられた、とドキッとしたが、大和の生活を知っている者からしたら、それ以外には代役についての悩みくらいしかありそうにないとわかるだろう。

大和は逡巡した。ガッティはメリルの侍従で、とても主人に忠実な、真面目な人だ。異世界から召喚されてきた大和に、忍耐強く丁寧にいろいろなことを教えてくれた。親身になって話を聞こうとしている姿勢が感じられる。決して興味本位ではない。

「……じつはその、陛下が」

「陛下が？」

「俺とエッチしたいって言ってきて」

「エッチ？　それはなんですか？」

「……伽、ってこと」

ひゅっとガッティが息を呑んだ。顔を熱くしてもじもじしている大和の前で、みるみる顔色を悪くさせていく。絶望的な表情になったガッティに、大和はびっくりした。

「それは、本当ですか」

「あ、うん」

「いつ言われたのですか」

「五日前に……」

「それで、もう？」

「ううん、それは、まだ。十日待ってほしいって言ったら、待ってくれることになって。だから五日後だと思う……」

「ヤマト様は拒まれなかったのですか。いくら一国の王でも、理不尽な命令には従わなくとも良いのですよ。ああ、なんということでしょう。メリル王子の身代わりになったばかりに、ヤマト様の純潔が、あと五日で汚されるなんて！」

ガッティがこの世の終わりかというような嘆きを見せたので、大和は引いてしまった。

「いやいや、あの、ガッティさん、俺の純潔の心配はありがたいけど、別に嫌じゃないから。俺、嫌で悩んでいるわけじゃないですから！」

「えっ？」

ガッティは目を丸くして硬直したが、すぐに悲しそうに顔を歪めた。

「ヤマト様、そんなふうに陛下を庇われなくてもいいのですよ。嫌に決まっています。逆らえなくて、従っているのでしょう？　自分を納得させるために、嫌じゃないだなんて……」

「ちょっ、待って、俺の話をちゃんと聞いてくださいよ」

「いいんです、わかっていますから」

「わかってないじゃないですか。俺は陛下を庇っているわけじゃありません」

「だれか、信頼の置ける方に相談しましたか？　まだ五日の猶予があるなら、拒絶できないか頑張ってみましょう。フロリオ侍従長はダメです。あの方は完全に陛下の味方ですから」

ガッティは難しい顔で思案しはじめる。大和は唖然とするばかりだ。ガッティがこんなにも人の話を聞かない性格だなんて知らなかった。思いこんだら視野が狭くなるタイプだ。

「そうだ、イーガン大臣はどうですか。外務大臣のイーガン様です」

「な、なにが？」

「相談相手ですよ。この国は議会の発言力がかなりあります。陛下が独断でお決めになったことでも、議会で大臣方が団結すれば保留して再検討案件にすることができると聞いています。もちろん大臣方の意見が統一されなければなりませんが、それだけ重鎮の方々に力があるということです。イーガン大臣なら絶対に相談に乗ってくれると思います」

「いや、大臣に相談なんて、しなくていいです……」

大声で怒鳴る小太りの男がイーガンだったはず。ああいう高圧的なタイプは嫌いだ。

「わたくし、急用を思い出したので、これで失礼します」

いきなりガッティがサッと立ち上がった。フロリオが戻ってきてから事情を説明して退室すればいいのに、大和が止める間もなく書斎を出て行ってしまう。そのあとに、フロリオが茶器を乗せたワゴンを押しながら入ってきた。大和がひとりでポツンと座っている光景を目にして、首を傾げる。

「ガッティはどこへ？」

「急用を思い出したとかで、帰りました」

「……………そうですか」

フロリオは数瞬だけ思案するような顔になったが、すぐにいつものポーカーフェイスに戻り、テーブルの上にカップを置いてくれる。

お茶はいつものように美味しかったが、ガッティの不可解な言動がなんだか引っかかる大和だった。


予定されていた講義が途中で切り上げられてしまったので、大和は暇になった。

いままでなら空いた時間は自習に当てていたが、五日前からそれは難しくなっている。アリソンとのあれこれを妄想しすぎて集中できないからだ。

睡眠不足気味なのも関係しているだろう。夜、眠りが浅くなっている。あいかわらずアリソンとひとつのベッドで寝ているせいだ。

数日後にはじめてセックスすると決まっている相手とひとつのベッドに入って熟睡できたら、それはもはや人ではない。大和は昼日中でもアリソンが近づいてくるとガチガチに緊張してしまうくらい意識している。

心から慈しんで愛でたい——とアリソンに口説くような口調で言われたが、その意味が大和はよくわかっていなかった。

（それって、好きってこと？　俺とエッチしたいって言うくらいだから、多少は好かれていると思っても良いよね。どのくらいのレベルで俺のこと好きなんだろう）

王様の言い方は遠回しすぎて、大和の胸にはダイレクトに響いてきていなかった。

（もっとストレートに表現してくれないかな）

侍従の服に着替え、黒髪をストールで隠した大和は、考え事をしながらぶらぶらと王城内を散歩した。

すこし距離を空けて、後ろから護衛の騎士がひとりついてきている。大和が黙って王の居室から抜け出してウィルの離宮に行ったことを問題視したアリソンは、護衛との距離を変更してくれた。どこへ行くにも騎士がぴったりと背後にくっついていたら息が詰まって抜け出したくもなるだろうと、こっそりと遠くから見守る感じに変えてくれたのだ。おかげで圧迫感からは解放され、のんびりと自由に歩けて楽しい。

騎士は何人かがローテーションで護衛してくれている。彼らが大和の事情をどこまで知っているのかわからないが、とても屈強で任務に忠実だ。アリソンには特に仲良くしなくてもいいと言われている。いまのところ顔を覚えたていどだ。

広すぎる王城は、たくさんの侍従や女官が働いているはずなのに、人気《ひとけ》がないところが多い。ほとんど使われていない部屋ばかりらしいが、掃除は行き届いているのだからすごいと思う。

ちょっと休憩、と大和は階段を降りている途中で足を止め、踊り場に座りこんだ。階段に敷かれた赤い絨毯《じゅうたん》に、色ガラスがはめこまれた窓からオレンジ色の光が差している。わずかに埃《ほこり》が舞っている様子を飽きずに眺める。

大和はこの場所が中庭のつぎに好きだ。大和が座ったので、護衛の騎士は階段の降り口で立ち止まり、こちらを気にしながらワンフロア上の廊下に立っている。邪魔しないようにしてくれる気遣いがありがたい。

しばらくぼんやりしていたら、階下で人の話し声がした。侍従や女官たちはプロ意識が高く、話しながら廊下を歩いたり仕事をしたりすることはない。彼らが大和の前で無駄口を叩いているのを見たことはなかった。

　声の主はだれだろう。

「どうするんですか、このままでは陛下の毒牙にかかってしまいます」

「そんなことは知らん。あの小僧にはもうとっくに陛下の手がついたと思っておったわ」

　話の内容より先に、大和は聞き覚えのある声だと気付いた。

　大和はそっと腰を上げ、体勢を低く保ちながら階段の縁まで移動した。しんと静まりかえった廊下にいたのは、ガッティとイーガンだった。立ち話――というよりも、イーガンをガッティが捕まえている感じだ。

「早く事態を進めてください。まったく動いていないように思えるのは、わたくしの気のせいではないでしょう？」

「仕方がないだろう、メリルの代役なんて呼んでしまったせいで、当初の予定通りに運んでいない。本当ならいまごろ、メリル不在が国中に知れ渡り、領主に責任を取らせてスタインの自治権を取り上げているはずだったのに」

　イーガンが声を荒げる。

「私はすぐにでも金が必要なんだ、金が！」

　まるで子供の駄々のように、イーガンは苛々と廊下をサンダルの足で踏み鳴らす。

「大臣、メリル王子はどこにいらっしゃるのですか」

「知らん」

「嘘です。ご存じなのでしょう？　どこで保護されているのか教えてください。もう四十日以上になります。一目でいいから、会わせてください。あの方を丁重に扱ってくださっているのでしょうね？　もしものことがあったら、わたくしはあなたを一生恨みますよ！」

「そっちこそ、私をそう詰《なじ》りながら、本当はメリルをどこかに匿っているのではないか？　白い獣になるのは夜のあいだだけだ。昼間は自由に動けるのだから、どうにでもなるだろう」

「わたくしは知りません」

「私だって知らん。そもそもメリルがどうなろうと、知ったことではないのだ」

「なんてことをおっしゃるのですか！　あなたを信じたのに……」

もっと二人の様子を見たいと、大和はつい身を乗り出しすぎた。四つん這《ば》いの体勢で階下を覗き見ていたが、手が滑ったのだ。片手を一段下に突いてしまい、トン、と音がした。

二人が息を呑み、口を閉じる。大和は四つ足のまま階段を素早く上がった。

「そこにだれかいるのですか？」

ガッティが階段を上がってくる。続いてイーガンも上がってくる気配がした。冷や汗をかきながら大和は上階まで行き、石造りの花台の陰に身を潜める。

護衛の騎士はどうやら階下の二人にはまったく気付いていなかったようで、すこし離れたところで別の騎士と話をしていた。たぶん交代の時間が来ていたのだろう。二人とも大和の行動にギョッとしている。人差し指を口の前に立て、大和は「黙ってて」とジェスチャーしたが伝わっただろうか。

ガッティとイーガンは騎士がいることに驚き、そちらに気を取られて大和には気付かなかった。

「こんなところでなにをしている」

イーガンの詰問に、騎士が敬礼をしながら「巡回中です」と答える。大和を護衛中だとは言わなかった。ジェスチャーの意味を理解してくれたようだ。

「私たちの話を聞いたか？」

「なんのことでしょうか」

騎士の返事に、イーガンはしばし黙った。もっと問い詰めるべきかどうか迷っていたようだが、ひとつ息をついて踵を返す。階段を降りていった。ガッティも階下へ引き返していく。

「大臣、お待ちください」

去ろうとするイーガンを、ガッティが追いかける。

「まだ話は終わっていません。お時間をください」

「話など無意味だ。私は知らんと言ったら知らん」

「大臣！」

二人は揉めながら階下の廊下を歩いていった。大和は完全に二人の声が聞こえなくなるまで、その場を動かなかった。いや、会話の内容が衝撃的すぎて、愕然としていたのもある。

「ヤマト様、どうかなさいましたか？」

騎士に声をかけられて、のろのろと立ち上がった。

「大丈夫」と答えたが、頭が混乱している。

（さっきのって……メリル王子の失踪には、侍従のガッティと外務大臣のイーガンが絡んでいたってこと？　どうしてそんなことをしたんだ？　白い獣って、なに？　ウィル王子のペットの、リング……のことかな……？）

アリソンが、あの白い獣は魔道で作り上げたものだと言っていた。

（夜のあいだだけ獣になる？　人間が？）

あれが、もしメリルだったら、ウィルが正体を知らないはずがない。アリソンが命じて大勢の人が行方を探していたメリルが、じつは王城の敷地内の離宮にいたなんて、これが本当の灯台もと暗し。離宮が大使館のように一種の治外法権ならば、アリソンといえど強制的に邸内を捜索することはできないのかもしれない。だから匿うことが可能だった……としたら。

（いやでも、あれがメリル王子だと決めつけるのはまだ早い）

ふらりと歩き出し、階段を降りた。交代した騎士がついてくる。

（ガッティとイーガンがつるんでいて怪しいってこと、アリソンは知っているのかな……。探しているメリルがもしかしてウィルに匿われているってことも……）

一刻も早く、いま見聞きしたことをアリソンに伝えた方が良いだろうか。いや、それよりも、白い獣が気になる。あれがメリルだったとしたら、大和はずいぶんと無礼を働いたかもしれない。

「あれ？」

歩きながら考え事をしていたら、いつのまにか大和はウィルの離宮に来ていた。

門の前でうろうろしていたら、両開きの扉がゆっくりと開いていく。慌てて隠れようとしたが、とっさに隠れられる場所なんて近くになかった。顔を出したのは、見覚えがある年配の女官。

「あら、ヤマト様」

一度しか訪れていないのにきちんと名前まで覚えてくれていたようで、女官は柔らかな笑みを見せてくれた。

「人の気配がしたので様子を見にきてみたら、ヤマト様でしたか。今日はおひとりですの？　ウィル王子となにかお約束がありました？」

「あ、はい、えっ……と、すみません、約束はないです。このあいだ、酔ってご迷惑をおかけしてしまったので、お詫びに伺いました」

とっさに上手《うま》い言い訳が思い浮かび、大和は精一杯の爽やかな笑顔を作った。

「あら、そんなことお気になさらなくてもよろしいのに。ウィル王子は面白がっておいででしたわ。陛下が眠ってしまわれたヤマト様を、それはそれは大切そうに抱えてお運びになって、わたくしたち、しばらく胸のときめきが治まりませんでしたの」

まさかアリソン自身がここから運び出してくれたとは思ってもいなかった大和は、驚いてしまった。

てっきり護衛の騎士か侍従が寝室まで運んでくれたと思いこんでいたのだ。アリソンもなにも言わなかったし。

「あいにくとウィル王子は外出中ですの。でも……そうですね、すこしお待ちいただけます？」

女官は大和を扉の内側に入れ、そこに置かれているベンチに座って待っていてくれるように言ってきた。ウィルが留守ならば、大和が口実に使った「お詫び」はできない。後日出直すと告げようとしたが、女官はささささと奥へ行ってしまった。

どうしよう、と南国リゾートホテル風の内装を眺めていたら、女官が戻ってきた。

「ヤマト様、お会いになるそうですので、ぜひ奥へ」

「えっ、でもウィル王子はお留守なんですよね？」

「はい。ですが、どうぞ」

戸惑っている大和に、女官はまたうふふと笑った。

「ヤマト様は、じつはただの侍従見習いではありませんでしょう？　フロリオ侍従長直属と紹介されましたけど、そんな子供を陛下がみずからこの離宮にお連れになって、酔い潰れてしまっても怒りもせず、だれにも触らせないように牽制《けんせい》して抱き上げるわけがありませんもの。わたくしたちだって、王城内のウワサには敏感です。最近、陛下が居室にだれかを住まわせていると聞きました。ヤマト様のことですね？」

確定的に言われて、大和は返事に詰まる。ここで「なんのことですか」としらを切れるぐらい強《したた》かな大人になりたいと思っているが、こればかりは性格的に無理っぽい。

「ウィル王子から、こんどヤマト様が訪ねてこられたら、中にお通しするようにと言われておりました。事情を知られても良いからと」

「事情……ですか？」

いったいなんの事情なのか。もしかして……。

「こちらです」

明るい部屋に通された。サンルームのようになっている場所には、至るところに観葉植物の鉢植えが置かれていて、室内なのにジャングルのように樹木の葉が生い茂っている。中央に白いテーブルと椅子が置かれていた。その傍らに、黒髪の少年がひとり立っている。ウォード家に許された水色の服を着たその少年は、まっすぐに大和を見ていた。

「あれは……」

引き寄せられるように歩み寄る。女官は「お茶をお持ちいたします」と去っていった。

少年がにっこりと微笑む。背格好は大和とよく似ている上、黒い髪と黒い瞳をしているが、顔はまったく似ていない。彫りが深くて目が大きく、鼻も口も大きい。つまりアリソンやウィルとおなじ外国人顔で、あっさりとした大和の顔とは違う。

向かい合って立ち、大和はまじまじと見つめてしまった。

「はじめまして、ヤマト。僕はメリル・ハーリング・スタイン。スタイン自治領の現領主の次男です。レイヴァース王国との友好の証として王都に来ました」

「……………あなたが、メリル王子……」

「そうです。ヤマトには迷惑をかけました。僕が失踪したせいで異世界から召喚され、僕の代わりを務めていると聞き、一度お会いしてお礼を言いたいと思っていました」

座ってください、と促されて、大和は椅子に腰を下ろした。そこで女官がお茶を運んできてくれる。

「あの、メリル王子は、もしかしてずっとこの離宮にいたんですか？」

「王都の外の宿場町でウィルと出会い、ここに連れてきてもらって、匿ってもらっていました」

やはりウィルに保護されていたのだ。

「陛下は、このことをご存じなのですか」

「はい」

はっきりと頷かれ、大和はショックを受ける。

(陛下は知っていて、俺になにも話してくれなかったのか……)

信用されていなかった事実に愕然としながらも、頭の隅ではこの世界の人間ではないのだから仕方がないとも思う。

「でも最初からご存じだったわけではありません。ウィル王子はだれにも秘密にして僕を匿ってくれていました。僕自身、とても不安だったので、それに甘えてしまっていました。ですが何日かたち、気持ちが落ち着いてきたのでウィル王子と相談し、陛下に打ち明けることに決めたのです。そのときすでに披露目の会は済んでいました」

ずいぶん時間がたってからの告白だったようだ。

では披露目の会あたりまでは、アリソンもメリルの居場所を知らなかったのだ。

「もうひとつ、ヤマトに話しておかなければならないことがあります。僕には呪いがかかっています。さっき、はじめましてと挨拶しましたが、僕たちは一度ここで会っています」

「それって……リングのことですか」

まさかね、そんなことないよね、と思いつつ尋ねてみたら、当たっていたようだ。メリルは驚愕の表情になる。

「そうです。あの白い獣が僕でした。ヤマトはあれが僕だと気付いていたんですか？　夜空に二つの月が昇っているあいだだけ、僕は白い獣になってしまうんです。昼間はこうして人の姿になれるんですけど、最初のころはどんなきっかけで獣になったり人間に戻ったりするのかわからなくて」

だから身を隠していたのか、と大和は納得した。

「どうしてあれが僕だとわかったのか教えてくださ

い」

「いや、わかっていないから」

「当てずっぽうですか？」

「えー……と、あの……」

ついさっき耳にしてしまった話をここで喋っていいものかどうか迷ったが、メリルは当事者だし、廊下で揉めていた二人のうちのひとりは、メリルの侍従だ。

「じつは、さっきのことなんだけど――」

大和は思い切って話した。できるだけ記憶をなぞり、脚色しないように聞いた言葉を再現する。メリルはどんどんと表情を険しくしていき、しまいには頭を抱えた。

「ガッティが……なんてこと……」

メリルの衝撃はそうとうなものだったようだ。それもそうだろう、ガッティは代々侍従を務める家の生まれ育ちで、メリルが幼少のころから世話をしていたと聞いた。無条件で心を許し、人質として何十年も地元を離れなければならなくなった身についてきてくれた侍従が、よりにもよって今回の騒動の黒幕のひとりだったのだ。信じられない気持ちでいっぱいにちがいない。

大和はかける言葉が見つからず、黙って見守るしかなかった。

◇◇◇

「陛下、すこしお話が」

今日の執務がほぼ片付いたところで、クレイトンが執務室を訪ねてきた。内務大臣の顔を見ただけで、アリソンは良い話ではないなと察した。

「クレイトンと内密の話がある。みんな下がってくれ」

文官たちを全員退室させ、アリソンはクレイトンと二人きりになった。

「イーガンの調査結果が出ました。どうぞ」

手にしていた紙の束を、アリソンに差し出してくる。ざっと目を通してみて、アリソンは「ひどいな……」と呟いた。

イーガン家の財政は破綻しかけていた。原因は当主であるクレイヴ・イーガンの賭博だ。レイヴァース王国において、賭博は禁止されている。唯一、春先に行われる競馬だけは認められていたが、集められた資金は必要経費を除いた全額が慈善団体に寄付されると決まっていた。

非合法の賭博は主にカードが使われる。カード遊びは貴族ならばだれでもやったことはあるが、金は賭けない。賭けたら、たちまち賭博になる。

イーガンは悪い友達に誘われ、王都内の非合法な賭場に数年前から出入りしていた。そこで湯水のように金を使い、あっというまに借金を作った。土地や宝石など、先祖代々の財産はほぼ失い、このままでは自宅も明け渡さなければならないところまで来ているらしい。

「ここまでまっすぐに転落するとは、ある意味、見事だな」

イーガンがこれほど自制心の効かない男だったとは知らなかった。外務大臣という重職に就けていた自分にも非がある。アリソンはため息まじりに呟き、報告書を机に放り投げた。

「救いは、国庫からの横領や恐喝など、そちらの犯罪には手を染めていないことくらいですね」

クレイトンも疲れを滲ませた表情でため息をつく。同年代のイーガンとクレイトンは学友だった。私生活で特に親しくはなかったようだが、おなじ王族に仕え、おなじような役職に就く同士だと思っていただろう。イーガンがまさかここまで泥沼にはまっていたとは、クレイトンもまったく知らなかったようだ。

「どう思う？」

アリソンはクレイトンに意見を求めた。

「イーガンは金に困っているわけです。財産はほぼ失いました。とすると、どこかからかき集めるしかありません。国庫からの横領は、さすがに良心が咎めたのかもしれません。ではどうするのか――外務大臣という自分の立場を利用するなら、スタイン自治領でしょう」

「スタインに、金になるようなものがあるのか？」

「これを」

クレイトンは懐からそっと書簡を出してきた。紙はよれ、急いで書いたのか文字は乱れているが、かろうじて読める。

「私は内務大臣ですが、外部にまったくツテがないわけではありません。スタイン自治領にもウォード自治領にも、懇意にしている者がおります。そこからもたらされた、極秘情報です」

「これは……」

にわかには信じられないことが書かれていた。スタイン自治領は険しい山々を有している。標高が高く、冬は凍《い》てつく寒さに閉ざされるため、山の開発はほとんどしていない。そもそもスタイン地方の人々にとって山は双月神の信仰に基づく神聖な場所で、最低限の狩りと薪《まき》の調達以外、足を踏み入れることはしていなかった。ところが、偶然にも金脈が発見されたという。

「猟師が山で嵐にあい、洞窟に避難したところ、その奥に金の地層があったそうです。近くの川からは砂金が見つかっています」

「いつの話だ、それは」

「もう一年ほど前のことだそうです」

領主からレイヴァース王国にそうした報告は一切ない。アリソンはまったく聞いていなかった。

「スタインにとっては裕福になれる機会ではありますが、彼らにとって山は神聖なもの。我々に知らせて大規模な開発となったら、山の神々を汚してしまうことになると考えたのかもしれません。この一年、詳しい調査はまったくなされていないようです」

結局、「金脈発見」の報は、領主一家とごく一部の重鎮しか知らない極秘中の極秘になったわけだ。

「イーガンは外務大臣です。スタイン自治領の事情にも、今回の人質交代の段取りにも詳しい。極秘とはいえ、どこかで金脈発見の話を耳にしていてもおかしくありません。双月神を信仰する魔導士と知り合うきっかけもあったでしょう。イーガンはメリル失踪の責任をスタイン自治領に取らせるべきだと声高に主張していました——」

クレイトンが苦悩の色を滲ませる。

「私が思うに、おそらくイーガンはメリル王子失踪の首謀者です。責任をスタイン自治領になすりつけ、自治権を取り上げたあと、みずからが彼《か》の地に赴いて金脈の利権を手に入れようと画策したのではないでしょうか」

クレイトンの推理には筋が通っている。自治権を取り上げたからといってイーガンに金脈の利権が転がりこむとは思えないが、外務大臣として培ってきた人脈と賄賂を使い、勝機はあると踏んでいたのかもしれない。

「……スタイン側に協力者、あるいは共犯者がいるんだろうな」

「確実にいると思います。金脈発見の極秘事項をイーガンに漏らした者でしょう。結託して利権をものにしようとしたに違いありません」

アリソンは立ち上がり、ぴったりと閉じた扉を開けて隣室に控えている文官を呼んだ。

「いまから手紙を書く。スタイン自治領の領主宛てだ。準備をしてくれ。それと、ウィルを呼んでほしい。すぐにここへ来るようにと」

文官たちはさっと役割分担をして動き出す。執務机に便箋とペンを用意させ、アリソンは領主に重大な隠し事はないかと問いただす内容の手紙を素早くしたためた。蠟封し、すぐに届けるようにと、文官に渡す。ふたたび文官たちを執務室から出した。申し訳ないが、まだ彼らの耳に入れてもいいという段階ではない。

「領主はたぶん、今回のメリル失踪には金脈の利権が絡んでいると、予想していたのだと思う。息子の安否は心配だが――いや、もしかしたらもう諦めているのかもしれない。神聖な山を守るために金脈を隠し通すと決め、つぎの人質を選んだ……」

共犯者はだれだろう。領主一家と重鎮にしか知らされていない極秘事項を知り得て、かつイーガンと面識がある者といったら、限りがある。アリソンは会ったことのあるスタイン側の大臣たちの顔をひとりずつ思い浮かべるが、だれもが怪しく思えてきて特定などできるはずもない。

「ところで、陛下。ウィル王子をお呼びになったのはなぜですか」

「今回の騒動に巻きこまれているひとりだからだ」

「ウィル王子が巻きこまれているのですか？」

「そう。じつはウィルのところにメリルは匿われている」

「えっ？」

あっさりと暴露したアリソンに、不意打ちをくらったクレイトンが呆然とする。

「それは……本当ですか」

「本人に会ったから本当だ。ただし、私も最初から知っていたわけではない。歓迎の会のあと、ウィルから聞いた。ウィルはメリルの代役が異世界から召喚されたことを知らなかったから、ヤマトを見てずいぶん驚いたらしい。それで離宮に呼び出され、メリルと対面したというわけだ」

「なぜウィル王子とメリル王子は、すぐに陛下へお知らせしなかったのですか」

「メリルが呪いにかかっていたからだ」

なんの、とクレイトンが言いかけたところで、ウィルが到着した。

「陛下、お呼びでしょうか」

楚々とした仕草で入室してくるウィルを、アリソンは迎え入れた。ウィルはクレイトンを見て、わずかに柳眉を動かしたが、特に言及することなく歩み寄ってくる。

「じつは、私からもお話ししなければならないことが……」

「メリルからなにか聞いたのか？」

はっきりと頷くことはせず、ウィルはクレイトンの存在を気にしている。メリルの居場所は秘密のはずだからだ。

「ウィル、クレイトンは大丈夫だ。信用してもいい。メリルが君の離宮で匿われていることを、いま打ち明けたところだ。私は、今回の騒動を画策したのは、イーガンではないかと思っている」

「外務大臣のイーガンですか？」

アリソンはイーガン家の経済状態が悪いことを話した。調査結果がまとめられた書面も見せる。

「このままでは住む家すら失ってしまうところまできている。そうなると私に隠しておくことはできなくなり、免職もあり得る。そうなる前に、なんらかの金策を考えとしてもおかしくない。今回のこと、イーガンは執拗《しつよう》にスタイン自治領の陰謀だと主張していた。そうすることによって、彼になんらかの益があるのかもしれない」

とりあえず金脈発見については伏せて話をすると、

ウィルが「それについてですが」と顔を上げた。

「メリルからとんでもないことを聞きました。領内の山で、金脈が発見されたそうです」

「そうか、やはり……」

スタイン家の王子が語ったのなら真実だろう。驚かないアリソンとクレイトンに、ウィルが拍子抜けしたような表情になる。

「ご存じだったのですか？」

「いや、ついさっき私も聞いたばかりだ。クレイトンが仕入れてくれた情報では、発見したのは一年前だったらしいが」

「メリルもそう言っていました。発見は偶然で、メリルの父である領主は神聖な山を汚すわけにはいかないと、詳しい調査は行われていないそうです。この一年、身内のあいだだけの秘密になっていたとか。もしそれが外部に漏れ、イーガン大臣の耳に入ったとしたら……。あの方は職務上、何度かスタイン自治領まで出向いています。金に困っているのなら、金脈を手に入れたいと思ってもおかしくありません。それが今回の騒動にどう繋がるのか――……もしかして、スタイン自治領の自治権を取り上げ、自分があの地の責任者におさまろうと考えて……とか？」

自分やクレイトンとおなじ結論に達したウィルに、アリソンは思わず拍手を送りたくなった。

「問題は、スタイン側の共犯者がだれかということだ」

だれがイーガンに金脈のことを漏らしたのか、メリルに呪いをかける魔導士を手配したのか。

「イーガンに話を聞こう」

アリソンは、もう直接イーガンを問いただすことにした。身分が高いこともあり、いきなり身柄を拘束することは難しい。だがアリソンの名前でこの執務室に呼び出し、足止めしているあいだにイーガン家の捜索を命じることにした。雇った魔導士の居場所やスタイン側の共犯者とのやり取りの証拠が出てくるかもしれない。

アリソンはもう一度隣室への扉を開け、文官に命じた。

「外務大臣のイーガンを呼んでくれ」

一日も早くメリルの呪いを解きたい。そして大和を重責から解放してあげたかった。

約束の日まで、あと五日。だがそれよりも前にすべて解決したら、待つつもりはなかった。

(ヤマトを名実ともに私のものにする)

それ以外の未来などいらない。こんな気持ちになったのははじめてだから戸惑いはあるが、悪くない。

まさか魔道で召喚した勇者に惚れてしまうなんて、自分でも驚きだ。魔道を駆使した魔導士も、そう教えてやったら驚くだろう。

(そういえば、ダートはどうしている?)

白髭の魔導士にも、いろいろと調査を命令してあったはずだ。メリル失踪に関わった魔導士を探すように命じたあと、見つかったという知らせはない。

アリソンは文官にダートはどうしているのか探ってくるようにと付け足し、執務室に戻った。

◇◇◇

信頼していた侍従が自分を裏切っていたかもしれないと聞き、衝撃を受けて黙っていたメリルだが、しばらくして気を取り直したように顔を上げた。冷めかけたお茶を飲み、深呼吸する。

「……もしガッティが魔導士を雇って僕に呪いをかけたとしたら、それは命を危うくするためではなく、貞操を守るためだったのかもしれません……」

そういえば、ガッティは大和の貞操についてもずいぶんと気にしていた。イーガンとの会話の中でも耳にしたくらいだ。

「陛下が両刀で、ウォード自治領から来たウィルを寵愛したのは有名な話でしたから、僕もあるていどの覚悟をもって国を出ました。伽を求められても驚かず騒がず、父や領民の立場を悪くしないよう、いつでも、望まれればこの身を差し出すつもりでした。それが自分の役割だと思っていましたから。陛下のひととなりを誤解していたんです。ウィルと出会い、直接、寵童になったことはないと聞いて、認識をあらためました。だからガッティも誤解しているでしょう。僕とスタイン家に忠実で、滅私的な傾向がある彼のことです、きっと苦悩したに違いありません。僕の貞操を守るために、夜のあいだだけ獣になるように呪いをかけたとしたら、筋が通ります」

「あ、あの、ちょっ、ちょっと、待って、くださ い?」

いま重要なワードが織りこまれていたような気がして、大和はストップをかけた。

「ウィル王子が、なんです？　寵童になったことがないって、いま言いました？」

「はい、言いました。ウィル本人はそう主張しています」

「本当？　それ本当のこと？」

大和が思わず身を乗り出したので、メリルが苦笑した。

「あなたも誤解していたクチですか」

誤解もなにも、記憶をたどれば、大和にその話をしたのはガッティだった。ガッティはウィル寵童説を信じていたわけだから、話を聞いて大和が信じてしまったのは仕方がないことかもしれない。

「ウィルが言うには、十二歳で人質として王都に来たとき、病弱だったのだそうです。陛下は——当時王太子ですが、ウィルにとても同情的で、親身になって世話をしてくれたと聞きました。年は六歳離れていますが、同性の兄弟がいない陛下はウィルを弟のように可愛がってくれたらしく、その親密さが周囲の人たちの誤解を招いたのではないか、とのことです」

「……そっか……」

なんだ、二人は一度もそういう関係になったことはなかったんだ……と、大和は安堵した。ちょっと気が抜けて、椅子の背凭れにだらしなく上体を預けてしまう。ふっとメリルに笑われて、慌てて体を起こした。

「陛下と寝食をともにしていると聞きました。陛下のことが、好きなんですね」

ど直球で指摘され、大和はうろたえた。そんなにわかりやすかっただろうか。じわりと顔が熱くなってくる。

「陛下にもし伽を命じられたら、すこしでもいいから陛下の良い点を見つけて、好意を抱けるようになれば辛くないのでは――と、僕は考えていました。僕は人質として選ばれるまで、同性とそうした行為に至ることを想像したことがなかったんです。だからこそガッティが気を回して……回しすぎてこんな騒動に発展してしまったんでしょうけど……」

メリルの頬がほんのりと赤くなった。黒い瞳が潤み、可愛らしさが滲む。

「僕が、いまウィルと一緒にいられて幸せなんだと知ったら、ガッティは卒倒するかもしれませんね……」

「あー……、そうなんですね」

つまり、メリルは保護してくれたウィルとそういう仲になったということだろう。ここにいるまだ十六歳のメリルと、あの見目麗しいウィルが――と具体的に想像してしまいそうになり、大和は慌ててそれを打ち消した。

いまは余計な妄想をしている場合ではない。

「俺がわからないのは、ガッティがメリル王子を陛下から遠ざけたくて今回のことを企てたとして、イーガン大臣はいったいどんな理由があって加担しているんだろう……ってことです。大臣は、金が必要だとか言ってましたけど、メリル王子を白いもふもふにしてしまうことが、金にどう繋がるのかわかりません」

「それは――たぶん、ぼくの国で見つかった金脈が絡んでいるのでしょう」

「金脈？」

「発掘権を手にすれば、莫大《ばくだい》な利益を得ることができます」

スタイン自治領のことを勉強していく中で、金の発掘に関することなど一度も出てきていなかったように思う。

「見つかったのは、一年前です」

「ああ、最近のことだったんですね」

メリルは頷き、沈んだ表情で俯く。

「僕たちスタイン自治領の民にとって、山は神聖な場所です。大規模な発掘なんて考えられない。父は調査すら命じず、金脈発見自体をなかったことにしようとしました。金が採れれば国は潤うでしょうが、利益のほとんどはレイヴァース王国に吸い上げられるでしょうし、山を汚すことを避けたんです。だから金脈のことは、僕たち領主一家と、国の重鎮たちしか知りません。他言しないと誓い合いました。ですが、侍従は僕たちの近くに仕えています。ガッティは特に、代々侍従を勤めている由緒正しい家の嫡男でしたから、僕たちにとても信用されていました。そうした極秘の情報を耳にする機会はあったでしょう。なにかをきっかけにして、外務大臣のイーガンとガッティは親しくなり、僕を逃がしたいガッティと、金が欲しいイーガン大臣の思惑が合致したのかもしれません。僕の失踪をスタイン自治領の責任にし、自治権を取り上げれば、金の発掘に関する利益は丸ごと権利者のものになります」

「そうか。イーガン大臣が裏工作でもして、金脈の権利をゲットすれば、ざくざくと金が手に入るってわけだ」

なるほど、そういうことか、と大和は事件のあらましが読めた。

「いま何時ごろ？　俺、いまから陛下のところへ行ってきます。見聞きしたことを全部話してきます。帰ってくるのを部屋で待っているより、執務室まで行った方が早いと思うから」

「お願いします。僕はまだ人に見つかるわけにはいかないので。それに、もうすぐ日が暮れます。離宮から外に出るわけにはいきません」

大和が立ち上がると、メリルが手を差し出してきた。固く手を握られる。

「訪ねてきてくれてありがとう。君に会えて良かったです。年も近いですし、これから、僕の友達になってくれますか」

あまりにもド直球な友達申請に、大和はドキマギしてしまった。すごく嬉しいが——。

「ありがとう。気持ちはとてもありがたいんだけど、俺、事件が解決したあと、自分がどうなるかわからないんです。だから、安請け合いはできません。王城から追い出されて、もしかして二度と足を踏み入れないようにって出入り禁止を言い渡されるかもしれないし」

「まさか……そんなことはないでしょう……？」

「でも俺、庶民だから。陛下のプライベートとか、いろいろと余計なことを知ってしまったし、まあ、口封じに殺されることはないと思うけど」

メリルはそんなこと予想もしていなかったようで、愕然としている。

「もし、王城の出入りを許されたなら、会いにきます。そのときは歓迎してくれますか？」

「それは、もちろん、もちろんです。でもヤマト、だれがそんなことを君に言ったんですか？　陛下ではないでしょう？」

「だれが言ったとかではなくて、そうなるんじゃないかなと」

「なるわけがないじゃないですか。陛下はそんなことを望んでいないと思います」

「うん、陛下は優しくて、とっても良くしてくれるけど、たぶん珍しいペット扱いなんじゃないかなと俺は思っています。飽きたらどうなるかわかりません」

　そんな、とメリルが絶句する。けれど強く否定はできないようで、口をつぐんだ。精一杯、朗らかに言ったつもりだったが、メリルの同情が滲んだ目から逃げるように、大和は顔を背けた。

「じゃあ、俺は行きますね」

　握られていた手を解き、大和は足早にメリルの前から去った。ウィルと親密になって満ち足りているメリルが、とても羨ましかった。

　彼らは人質同士だ。これから何年、何十年もこの王城で暮らすことが決まっている。だれにも邪魔されず、何事にも阻まれることなく想いを育てていける環境にあるのだ。大和とは立場が違う。

　もやもやする気持ちを持て余しながらも、大和は廊下に待機していた女官に笑顔を向けた。

「帰ります。突然お邪魔してすみませんでした」

「いいえ」

　女官が持ち手のついた籐の籠を差し出してきた。ふわりと布巾が被せてあり、中にはキイチゴっぽいものが入っている。真っ赤に熟していて美味しそうだ。

「この離宮の庭で採れたものです。食後にどうぞ」

「ありがとう。でもあの、いまから陛下のところへ行くつもりなので……」

「いまからですか？」

「陛下にどうしても話しておきたいことができてしまって」

「そうですか。では、これはわたくしが居室にお届けしておきます」

女官に礼をし、離宮の外に出た。そこには護衛の騎士が待っていてくれた。大和を見てホッと安堵した顔になる。

「じきに夕食の時間です。居室に戻っていただけますか」

「えー……っと、そのことなんだけど、今日の陛下の執務後の予定は知っています？」

「いえ、存じ上げません」

「一刻も早く陛下に話しておきたいことがあって、できたらいまから陛下に会いにいきたいんだけど」

「いまからですか？」

困惑しながらも騎士は「でしたら、執務室まで行ってみますか」と言ってくれた。

「執務室にいなかったら、いったん居室に戻ります」

「そうしてください」

騎士に案内してもらい回廊を戻ろうとしたとき、行く手を人影が塞いだ。ガッティだった。

「ヤマト様、探しましたよ。こんなところにいたのですか。いつからウォード自治領の離宮に出入りするようになったのですか」

「あ、えと、最近です……」

「いまから陛下に会いにいかれるのですか？　一刻も早く話しておかなければならないこととは、なんですか？」

ガッティの顔から、一切の表情が消えていた。毎日のように王の書斎で会っていたが、こんな不穏な気配を発するガッティを見たことがない。騎士が利き手をそっと剣に置いたのが見え、この違和感が気のせいではないと知った。

「あの、ウィル様に聞いた話が面白かったので、陛下にも教えたいと思って。だってほら、ここのところ、陛下は執務が終わってもまっすぐ居室に戻ってこないから」

「ウィル様なら三刻ほど前に陛下から呼び出され、執務室に行っているはずです」

えっ、と言葉に詰まる。余計なことを言わなければ良かった。

ガッティの背後の円柱から、大柄な男が出てきた。イーガンだった。胡乱な目で大和と騎士を見てくる。

「やはりな」となにか納得したような頷きを繰り返した。

「一刻ほど前、東翼の階段でなにかを聞いたな？」

「なにかって……」

「そこで聞いた話を、いまから陛下に告げ口しにいくつもりか」

「なんのことか、わかりません」

「しらばっくれるな。おまえの姿は確認できなかったが、そこにいる騎士はあのとき階段の上にいた。どこかで見た顔だと気になっていたんだ。あのあと、おまえの護衛役のひとりだと思い出した」

あのときバレなかったと安心してしまったが、そうではなかったわけだ。

「すぐに陛下の居室に行ったが、おまえはまだ戻ってきていなかった。護衛もいなかった。ガッティと手分けして探していたら、護衛が離宮の前に立っているのを見つけた――」

恰幅《かっぷく》のいいイーガンが前に立つと壁のような威圧感がある。大和を庇うように騎士が半身を被せてきたが、そのとき、音もなく数人の騎士たちが周囲に現れた。護衛とは着ている衣装が違う。イーガンが個人的に雇っている騎士なのかもしれない。

「さあ、私と来てもらおうか。話を聞いてしまったおまえを、このまま陛下のもとへ行かせるわけにはいかない」

「俺はなにも聞いていません」

「そうか、認めないならそれでもいい。とりあえず身柄を拘束させてもらう」

「だから、なにも聞いていないって……！」

イーガンの騎士たちが、すらりと剣を抜き、刃先をこちらに向けて身構えた。現実だとは思えない。思いたくない。だが大和を守ろうとしている護衛の騎士が、一気に緊張感を増したのがわかった。

「ヤマト様、とりあえずいまは黙ってついてきてくれませんか。下手に抵抗すれば命を落とします」

ガッティが震える声で訴えてきた。多勢に無勢とはこのことで、護衛の騎士がどれほど強いかわからないが、腕に覚えのない大和は護衛の騎士の足手まといにしかならないだろう。護衛が目の前で傷つくのはいやだった。


大和が逡巡している気配を察してか、護衛が「いけません」と小声で制止してきた。

「どこへ連れていかれるかわかりませんよ。ここで騒ぎになれば、すぐにだれかが気付きますから」

「でも、こっちはひとりだし……」

「私はどうなっても構いません」

「ダメだって、そんなの！」

大和は自分を、騎士が命をかけて守るほどの存在だなんて思ったことはない。

護衛の騎士たちは近衛《このえ》隊に所属していると聞いた。王族のそば近くに仕える役目だ。きっと家柄が良くて、優秀な男たちばかりなのだろう。たまたま召喚されただけの庶民の大和と比べたら、天と地ほどの格差があるに違いない。

「ヤマト様、お願いですから、この場はおとなしく私たちについてきてください。絶対に悪いようにはしません。ただ、私たちの目的が達成されるまで、身を潜めていてもらうだけです。私が責任を持って、ヤマト様の――」

「ああもう面倒だな。おい、やってしまえ」

ガッティの説得を無視して、イーガンが端的に命じた。取り囲んでいた騎士のひとりが切りかかってくる。それを護衛の剣が上手く横に流してかわした。間髪入れずにつぎの騎士が突進してくる。金属と金属がぶつかり合う音が響き、大和は首を竦めた。

「うあっ！」

敵の騎士がひとり、肩から血を流しながら倒れた。鮮血が回廊の床にぼたぼたと滴る。

その光景に、大和は戦慄した。怖い。彼らに罪はないのに、主が命じただけで血が流れるのか――。

「あっ！」

キン、という甲高《かんだか》い金属音とともに、護衛の手から剣が弾かれた。丸腰になってしまった護衛に、敵の騎士が切りかかる。


「やめろ！　やめてくれ！」

大和は絶叫していた。半泣きになって「わかったから！」とわめいた。

「行くから、やめてくれ。もうやめろ。だれも傷ついてほしくない。こんなの、間違っている」

動きを止めた騎士たちを見渡し、大和はひとつ息をつく。ガッティとイーガンを振り返り、目尻に滲んだ涙を指先で拭いた。

「どこへ行けばいい？」

イーガンが満足気に笑う横で、ガッティが沈痛な面持ちになっているのが対照的だった。背後から護衛が「いけません」と腕を引いてきたが、この場はもう言いなりになるしかない。

「では、ついてきてもらおうか」

イーガンに促されて、大和はのろのろと歩き出した。

◇◇◇

「なんだと？　ヤマトが戻ってこない？」

フロリオの報告に、アリソンは椅子を蹴って立ち上がった。執務室でクレイトンとウィル、それに魔導士ダートを交えて今後の対策を話し合っているところだった。

メリルに呪いをかけた魔導士について調べを進めていたダートは、その魔導士の居場所をほぼ特定していた。王都内にあるイーガンの屋敷にいるらしい。生存の確認はできているそうだが、健康状態が悪いかもしれないということで、どう連れ出すかを検討していた。イーガンが魔導士を生かしておく気がなくなったら、殺される可能性が高い。そうなってしまうと、メリルの呪いを解く方法がわからなくなってしまうのだ。焦るウィルを宥めるのに骨が折れた。

呼び出しをかけたイーガンは、まだ来ていない。というか、今日の午後から所在が不明だった。城下の自宅には戻っておらず、妻も家令もどこでなにをしているのかわからないと言う。居場所を届け出ておかなければならないという決まりはないため、イーガン家の者を責めるわけにはいかない。悪事が知られ、姿を隠したのかもしれないし、単に従者もつけずに出かけているだけかもしれない。ただ、アリソンは嫌な予感がしていた。

そこに不穏な知らせが飛びこんできた。

「ヤマト様だけでなく、護衛の騎士も戻ってきておりません」

「どういうことだ。説明しろ」

すでに夕食の時間を過ぎている。こんなことはいままでなかった。律儀で几帳面なところがある大和が王城内の散策に行ったまま戻ってきていないのはおかしい。たとえ迷ったとしても、護衛の騎士がついているはずだ。

「コリン、陛下にご説明申し上げなさい」

「は、はい」

フロリオの後ろから若い侍従が出てくる。数日前、大和にウォード自治領の離宮がある場所を教えた侍従だと記憶している。真っ青になって小刻みに震えながら、コリンは順を追って話しはじめた。

「今日の午後、いつもの講義がなくなったので、ヤマト様は侍従の服に着替えて王城内の散策に行かれました。護衛の騎士をひとり連れて。しばらくして、護衛の交代時間が来たので、王城内で交代したそうです。その報告は受けています。ですが、そのあと、居室にお戻りになっていません」

「講義がなくなったのはどうしてだ？」

「講師役のガッティが突然、王の書斎から帰ってしまったからです」

講義に立ち会うフロリオが証言する。

「帰った理由は？」

「急用、とだけ」

「その後、ガッティからなにか連絡はあったか？」

「一切ありません」

「すぐにガッティを呼べ」

フロリオが踵を返して隣室の文官に要件を告げに行く。アリソンはコリンに向き直った。

「護衛の騎士は、王城内のどこで交代したと言っている？」

「東翼の階段付近だそうです」

あそこの吹き抜けを大和が気に入っているのは知っている。周囲の部屋はあまり使用されていないので、とても静かだ。踊り場に座りこみ、色ガラスをはめこんだ窓から差しこむ光を眺めて楽しむらしい。

「そのあと、ヤマトがどこへ行ったのかわからないのか」

「わかりません。いま、ほかの侍従たちにも事情を話し、頭にストールを巻いた侍従見習いの少年を探してもらうよう、頼んでいるところです。護衛の騎士も一緒のはずなのに――」

コリンは涙声になっている。見所がある若者としてフロリオが大和の世話を任せた侍従だ。一度、大和にこっそり抜け出されるという失態を犯したが、原因はアリソンにあり、大和が彼を故意に出し抜いたのがわかっていたので、コリンの責任を問うてはいない。二度目の失態として懲罰を恐れているのか、それとも大和の安否を気遣っているのか。

「陛下、離宮の女官がどうしても陛下にお目通りを願いたいと来ておりますが、どういたしましょう」

扉を細く開き、文官が顔を覗かせた。

「離宮の女官？　ウィルのところの者か？」

「そのようです。ランダと名乗っています」

「私の女官です」

ウィルが椅子から腰を浮かす。離宮の女官がわざわざ執務室まで訪ねてくることは、めったにない。ここにウィルがいると知っていたとしても、よほど急を要さない限り、そんなことはしない。

「私が話を聞いてきます」

ウィルが慌てて執務室を出て行く。じりじりして待っていると、ウィルが青い顔で戻ってきた。

「陛下、ヤマトは離宮に来ていたようです」

「護衛の騎士も一緒に？」

「ランダの話ですと、夕方、ヤマトが予告なく離宮を訪れ、中に通しました。メリルと話をし、半刻ほど過ごしたあと、帰るというヤマトをランダが離宮の玄関まで見送りました。外には騎士がひとり立って待っていたのを見たということです。そのすぐあと、回廊の方で複数人の気配がし、剣を交えるような音も聞こえたので玄関から出てみると、すでにだれもいなくなっていて――回廊の床に血痕があったそうです」

「なんだと？」

ザッと音を立てて、頭から血の気が引いていった。

大和が侍従の服を血に染めて倒れている光景を一瞬で想像してしまい、アリソンは卒倒しそうになった。肩をがっしりと支えられ、クレイトンに「倒れている場合ではありませんぞ」と叱られる。

「それで、なにが起こったのか見当はつかないのか」

クレイトンの問いに、ウィルが答える。

「メリルとなにを話していたのかまでは、ランダは聞いていないようですが、どうやらヤマトは夕食の時間が迫っているにもかかわらず、陛下に会うために執務室まで行くと話していたようです。陛下に話しておかなければならないことがあるからと……」

「私に……？」

「この時間、メリルはすでに白い獣に変化しているはずです。詳しい話は聞けません」


アリソンは深呼吸して、冷静になって考えようと努めた。たしかに、倒れている場合ではない。それに血痕が大和のものだと確定しているわけではないのだ。

「推測の域を出ないが——ヤマトはもしかして、城内の散策の途中でなにか重大なことを見聞きしたのかもしれない。それで離宮まで行ってメリルと相談し、私に伝えることにした。だがその矢先に、何者かに騎士もろとも拉致された、ということか？」

「そんなところでしょうな」

クレイトンに頷かれてしまい、そうであってほしくないと思っていたアリソンは、自分での口で言っておきながら肩を落とした。

「……なんてことだ……」

もし大和がケガをしていたら、手をかけた者も命じた者もタダでは済まさない、とアリソンは奥歯をギリギリと嚙みしめる。

そこにまた文官が扉から顔を出した。

「陛下、侍従のガッティを呼びにいかせたのですが、見当たらないということです」

「見当たらない？　どこにもいないということか？」

「まだ城内くまなく探せたわけではありませんが、侍従が出入りしそうな場所は確認しました。ですが姿がないようです」

「引き続き探せ。城門の出入りも照会しろ。王城の外に出ていないのなら、中にいる」

はっ、と短く答えて文官は引っこんだ。クソッと、アリソンは執務机に蹴りを入れた。代々の王を縛ってきた重厚な作りの机はビクともしない。

大和が心配でならなかった。ケガをしていないとしても、どんなに恐ろしい目にあっているだろうと考えるだけで、怒鳴り散らしたくなるような焦燥感に苛まれた。

「陛下、スタイン側の協力者は、ガッティだったのではないでしょうか」

クレイトンの発言に、アリソンも同意する。

「おそらく、そうだろう。ガッティは領主一家に仕えていた。金脈の話を耳にして、イーガンに漏らしたのかもしれない」

イーガンとガッティにどんな利害関係があって共謀することになったのか、経緯をいま探っている余裕はない。詳しいことは当人たちに聞けばわかる。

もし濡れ衣だったなら誠意をもって謝罪するしかないが――いま思えば、メリルの行方がわからなくなったときのガッティの取り乱し方は尋常ではなかったように思う。いくら世間知らずの王子がいなくなったからといって、あそこまで動揺するのはおかしかった。メリルはもう十六歳で成人している。道に迷っただけなら自力で戻ってこられるだろうし、命を狙われたのであれば遺体が発見されるだろう。そうでなければ生きたまま誘拐されたことになる。

誘拐ならば目的があるわけで、そうしたときの対処法が領主一家に仕えている侍従ならば頭に入っているはず。だがメリルは、ほとんど錯乱といっていいほどに取り乱していた。あれは呪いがかかったメリルをガッティ自身が保護する予定だったのに、目を離した隙にいなくなってしまったからかもしれない。メリルが白い獣の姿になっていると、ガッティは知っていたのだ。

「問題はヤマトだ」

早く探してやらなければ。

イーガンとガッティが同時に所在不明になったのは偶然ではないだろう。大和と騎士もいなくなった。こんなことが偶然であってたまるか、とアリソンはこぶしを机に打ちつけた。

「ウィル、いますぐメリルを連れて、ダートとともにイーガン家に行け。匿われている魔導士を捕らえ、なんとしてでも呪いを解かせろ」

ウィルはサッと身をひるがえして執務室を飛び出していく。アリソンは白い髭の老人を見遣った。

「ダート、一個中隊を連れていけ。イーガン家を取り囲み、絶対に魔導士を逃がすな。イーガン家の者が逆らうなら捕らえろ。魔導士も殺すことなく捕らえて、メリルの呪いを解かせろ！」

「かしこまりました」

老人の目がキラリと光り、意気揚々と執務室を出て行くのを見送る。

「クレイトン、大臣たちに召集をかけろ。イーガンが見つかり次第拘束し、尋問ののちに弾劾裁判を開く。その承認を取れ」

「いまから召集するのですか？　イーガンが見つかるのに時間がかかった場合はどうしますか」

「待たせておけ！」

一声吠《ほ》えて、アリソンは執務室を突っ切った。そのまま扉を蹴り開けて文官たちのあいだを縫うようにして廊下に出た。急いで護衛の騎士たちがついてくる。

「陛下、どこへ行かれるのですか」

「ヤマトを探しにいく」

もうじっとしているのは無理だった。

王城の中はいつになく落ち着きがなかった。通常なら、この時間はもう夕食中だ。大臣や文官たちは仕事を終えて帰宅し、侍従と女官たちも一日の役割をほぼ終えている。しかし静かになっているはずの城内は、いつも以上の篝火とランプで昼間のように明るくされ、衛兵たちが数人の班を作り、あちらこちらを速足で移動していた。イーガンとガッティ、そして大和と護衛の騎士を探しているのだ。

アリソンはふと立ち止まった。

これだけの人数が探し回っているのに、まだ見つからないのはおかしい。城門からの連絡がないところを見ると、おそらくイーガンもガッティも、そして大和たちも通っていない。通っていたとしたら、すぐにでも知らせがあるはずだ。

「ということは、やはり王城内だ。どこにいる？ヤマトはどこに連れていかれた？」

見落としている場所はないか、アリソンは王城の見取り図を頭の中で展開した。地下一階から地上三階、尖塔《せんとう》、離宮に至るまで、アリソンが知らない場所はない。ここで生まれ育ったのだ。

王城内の使われていない部屋や侍従たちの宿舎、倉庫まで、衛兵たちは回ったはずだ。

「あとは……どこだ……？」

何人もの男たちが、何刻にもわたって身を潜められる場所。あるていどの広さがあり、多少の物音を立てても気付かれない。

ふっと閃《ひらめ》くものがあった。

「あそこだ」

衛兵たちが見落としている場所。いまは使われていないため、まさか何者かが潜むとは考えもしないところ――。

「後宮だ」

呟くなり、アリソンは駆け出した。

◇◇◇

ドアノブに巻かれていた鎖を、イーガンに命じられた敵方の騎士が剣の柄《つか》で破壊した。開かれた両開きの扉の中に、イーガンを先頭にしてぞろぞろと入っていく。中は暗かった。

背中で両手をまとめて縛られている大和は、背中を押されて仕方なくあとに続いた。護衛の騎士も同じように両手を拘束されていて、大和のあとを無言で歩いている。隙をついて反撃しようとしている意思が伝わってくるが、腕のロープが切れたとしても丸腰では勝てそうにない。無理はしないでほしいと思う。

すでに日が沈み、建物の中は暗い。先頭を行く騎士がランプをともして歩いた。ぼんやりと廊下や室内の様子が浮かび上がってくる。

全員が中に入ってしまうと、イーガンに命じられた騎士が閉じた扉に閂《かんぬき》をかけた。見たことがないくらいに太くて頑丈そうな閂だ。内側からこれだけ厳重に閉じられるようにしてあるということは、ずいぶんと大切なものを守る必要があったのだろう。

はじめて足を踏み入れる場所は、豪華な造りだった。そして広い。基本的なデザインはほかの場所と似ているが、円柱が臙脂《えんじ》色に着色されていたり、天井からはシャンデリアみたいな照明器具がぶら下がっていたりしている。窓にかけられたカーテンも臙脂色でドレープが美しい。床に敷かれた絨毯の模様も細かくて、手の込んだものだった。

全体的に見て、女性っぽいデザインだなと思う。似たような部屋がいくつもあり、意匠をこらした坪庭もたくさんあった。

壁際に置かれた家具の上には白い布が被せられ、人気はない。王城内には使われていない部屋はたくさんあるが、ドアノブに鎖が巻かれている扉は見たことがなかった。当分使用することはない、と決定された場所のようだ。

（ここは、なんだろう……だれが使っていた場所なのかな）

大和が疑問を抱えながら眺めていると、イーガンがニヤニヤと笑いながら振り向いた。

「ヤマト、ここがなんだかわかるか？」

「……いいえ」

「後宮だ」

もったいぶることなく告げられた「後宮」という言葉に驚き、大和はあらためてまじまじと見回す。

「ここが、後宮……」

広いはずだ。五人も妾妃がいたというから、彼女たちそれぞれの生活スペースと、仕える女官たちの部屋もあったのだろう。女性らしいデザインだという印象は間違っていなかった。

「陛下はいったいなにをお考えなのか。王としての当然の権利なのに閉鎖をお命じになった。まったくもったいない！　美女揃いだったのに、まったくもって、もったいない！」

イーガンは語気も荒く、あたりを歩き回った。ガッティも大和同様、はじめて足を踏み入れたのだろう、おどおどしながらも興味深そうに周囲を眺めている。

「ここならしばらく姿を隠していられる。暗くて不便だが、いくら高い塀で囲まれているといっても、これ以上明かりをつけたら尖塔から見下ろせば人がいるとわかってしまうだろうからな」

イーガンは勝手に白い布を剝ぎ、椅子を出した。

そこに自分だけが座る。

「さて、ヤマト、おまえに聞きたいことがある」

まるでこちらが罪人のように目の前に立たされた。

「私とガッティの話をどこまで聞いた？」

「なんのことかわかりません」

しらばっくれるしかない。時間を稼ぎ、フロリオたち侍従が大和に異変が起こったと気付いてくれれば、きっと探しはじめてくれる。

「あのとき階段にいたのは、おまえだろう？　そこの護衛がいたということは、おまえもその場にいたということだ」

「護衛の騎士は何人もいます。交代で俺についてくれているので、必ずしも、この騎士と行動をともにしているわけではありません」

「今日の午後はこの騎士が護衛役だったはずだ。ガッティがほかの護衛に確かめている。無駄な悪あがきはよせ。さっさと認めろ。面倒くさい」

「……なんのことかわかりません」

「私は暇じゃない。忙しいんだ。さっさと白状しろ。聞いていたんだろう？　私とガッティが話しているのを」

大和はぐっと唇を引き結んだ。イーガンを睨みつけたいのをこらえて、目を伏せる。激昂《げっこう》しやすそうなイーガンを怒らせるのは得策ではないと、人生経験が浅いながらも考えた。

チッとイーガンが舌打ちして立ち上がる。苛々とした足取りで部屋の中を歩き、いきなりガッティの頰を張り倒した。腰砕けになって絨毯に転がるガッティを、イーガンが忌々し気に見下ろした。

「おまえが、あんなところで私に話しかけるから、こんな面倒なことになっているんだぞ！　わかっているのか！　ああ？　わかっているのかっ！」

「も、申し訳、ありません、申し訳ありません……！」

両手をついて頭を下げるガッティは口の中を切ってしまったのか、絨毯に血が滴っている。

突然の暴力を目の当たりにして、大和は愕然とした。

「そもそも、呪いのかかったメリルから目を離すとは、おまえは馬鹿か？　無能だろ？　侍従なんてやめてしまえ！」

イーガンが怒鳴りながら、うずくまっているガッティを蹴った。イーガンよりもずっと小柄なガッティの体が浮くくらい、容赦のない力で蹴られている。

「やめろ！」

見ていられなくて止めると、イーガンがギラギラとした目で振り返る。

「全部が全部、ガッティさんのせいじゃないだろう」

「ほう、つまり私たちの話を立ち聞きしたと認めるんだな」

「……認めない」

「往生際が悪いな。クソ餓鬼が！」

イーガンの腕が伸びてきて、殴られる予感に目を閉じた。だが大きな手は頭に巻いていたストールを鷲摑《わしづか》みにし、奪われる。よろめいたところに胸倉を摑まれた。

「おまえさえ召喚されなければ……いや、代役なんかこなさなければ良かったんだ。真面目に訓練なんかしやがって。だれもおまえを偽者だと疑わない。どうしてだれも疑わないんだ、おかしいだろう！　私が偽者だと吹聴《ふいちょう》しようとしたが、だれも耳を貸してはくれなかった。どういうことだ。私は人望篤《あつ》い外務大臣だぞ、由緒正しいイーガン家の現当主だぞ！　馬鹿にするな！」

服を摑まれたままがくがくと揺さぶられ、激しく目が回る。

「大臣、ヤマト様に乱暴するな！」

護衛の騎士が叫んだが、イーガンは止まらない。

「どうしてなにもかも上手くいかないんだ、こんなはずではなかったのに、どうして、どうして……！」

不意に放り投げられて、大和は絨毯の上に倒れた。両腕を後ろで縛られているので手をつくことができず、まともに肩をぶつけてしまう。痛かったが、意地でも悲鳴なんて上げないと決めていた。

イーガンは肩で喘ぎながら大和を見下ろしている。その目は興奮してギラついていたが、妙に視線は冷えていた。

（そうか……わかっているんだ……）

錯乱しているようでいて、イーガンは現時点での自分の危うさを冷静に分析している。精神状態の危うさ、立場の危うさ——大和を拉致してしまい、もう取り返しがつかなくなっていることをちゃんとわかっているのだ。

空いた時間にちょっと散策しているだけのはずが、いつまでたっても大和が戻らなければ、当然フロリオが不審がってアリソンに報告する。いまごろ、手分けして探している最中だろう。きっとアリソンは心配してくれている。伽を求めるていどには可愛がられている自覚はあるから、それは疑っていない。

たしかに閉鎖された後宮に隠れるのは良い案かもしれないが、何日も時間が稼げるとは思えなかった。そのうちだれかが思いつく。そういえば後宮は探していない、と。

それが一日か、二日か、三日か……。そのくらいの違いでしかないだろう。

「大臣！」

出入り口に見張りとして置いてきた騎士が慌てふためいた様子で駆け込んできた。

「大変です、外に陛下が……！」

「なんだと？」

イーガンが裏返った声で驚愕し、ガッティは床の上で頭を抱えた。大和たちを取り囲んでいた騎士たちもあきらかに動揺している。

「扉を開けよ、中にだれがいるのかわかっている、と」

「こんなに早く？」

イーガンの声が震えている。予想よりもずっと早く見つかったことに、パニックになっているようだった。

そのうち長い廊下の向こうで、ドカン、ドスンと重いものを打ちつける音が響いてきた。なんだろう、と首を傾げた大和だが、すぐに扉を打ち破ろうとしているのでは、と思いついた。きっと、あの太い閂を折ろうとしているのだ。

「くそっ、こうなったら……」

イーガンが手下の騎士のひとりに歩み寄り、なにか小声で話しかける。振り返った彼の手には、短剣が握られていた。ランプの光がきらりと反射する。

能面のような顔で大和に歩み寄ると、二の腕を鷲摑みにされた。そのまま引っ張り上げられ、「こっちに来い」と引きずられるように歩かされた。

「イーガン大臣、なにをなさるのですか！」

慌ててガッティが駆け寄ってくる。だがイーガンに足蹴にされて、また転がった。

「私はもう終わりだ。なにもかもお終《しま》いだ。イーガン家はもう破滅だ！」

「大臣っ」

「生き恥を晒すくらいなら、私はここで死ぬ。陛下の御前で潔く死んでみせよう。だがひとりでは死にたくない。こいつも道連れにしてやる！」

大和の頬に、ひたりと短剣の刃が当てられた。記憶に新しい、滴る鮮血が脳裏によみがえる。痛みを予想した体が、ぶわっと鳥肌を立てた。たったひとりで孤独に生きてきた大和だが、貧困生活を送っていても道を外したことはない。真っ当な生活をしていた。理不尽な暴力や流血など、まったく経験がないのだ。

護衛の騎士が血相を変えて「ヤマト様を離せ！」と叫んでいる。それを無視して、イーガンは大和を連れ、さらに後宮の奥へと移ろうとする。だがその廊下の先に、人影が立ちはだかっていた。

いつのまにそこにいたのか、まさに忽然《こつぜん》と現れて、仁王立ちしている。アリソンだった。右手に剣を持っている。

扉があるのは背後の廊下の先だ。いったいどこから回りこんできたのか、アリソンが険しい表情でイーガンを睨んだ。ちらりと大和にも視線を動かしたが、すぐイーガンだけに集中する。

「へ、陛下……どこから……」

「ここについて一番詳しいのは私だ。おまえは知らなかっただろうが、出入り口はひとつではない。私専用の抜け道のひとつくらいあって当然だろう」

一歩、二歩、とアリソンが近づいてくる。イーガンの顔に脂汗が滲み、じりじりと後退していった。

迫りくるアリソンの背後に、怒りのオーラが見えるようだった。信頼していた大臣に裏切られたのだ。きっと腸《はらわた》が煮えくり返るくらい、激怒しているだろう。こんなに怖い顔をしたアリソンははじめてで、大和も呑まれている。

「イーガン、剣を捨てろ。ヤマトから離れて、両手を上げろ」

怒りを露にしながらも、声音は険しくない。どこか懇願するような響きがあった。イーガンが最後のあがきとして抵抗したら、アリソンも応戦しなければならない。剣の扱いに慣れ、鍛えられた肉体を持つ若き王と、適度な運動すらしていない鈍《なま》った体の中年男とでは、勝敗はあきらかだ。できるならイーガンにケガを負わせたくない、というアリソンの気持ちが伝わってくる。

「イーガン、剣を捨てろ！」

頼むから、と言外にこめられたアリソンの願いを察してか、イーガンの手からぽろりと短剣が落ちた。

がくりと膝をつき、イーガンが絨毯の上にうずくまる。その丸い背中が、ぶるぶると震えていた。

「うううううううーっ！」

イーガンの慟哭《どうこく》があたりに響いた。ほぼ同時に扉の閂をへし折った一団がバタバタと押し入ってきた。アリソンの護衛をしている騎士たちだった。総出で大和の捜索に当たっていたらしい。殺気立った彼らに気圧《けお》されるように、イーガン側の騎士たちが武器を捨てた。素早く体に縄をかけ、捨てられた剣を一カ所に集める。

素早い連携プレーに呆然としていると、アリソンがそっと大和の後ろに回りこみ、両手を拘束していたロープを剣で切ってくれた。やっと手が自由になって、ホッとした。


「ケガはないか？」

「ありません。ありがとうございます」

「ヤマト……無事で良かった」

ああ、とため息をついたアリソンに抱き寄せられ、痛いほどぎゅっと腕に力がこめられる。重なった胸から、アリソンの激しい鼓動が伝わってきた。ものすごく心配してくれていたんだ、と大和は申し訳なさと、静かな喜びを感じた。


後宮から助け出され、大和はフロリオが待つ王の居室までアリソンに送り届けられた。

「ご無事で良かったです」

大和の顔を見て、フロリオは喜んでくれた。コリンはほとんど号泣していた。

「ヤマト、私は事後処理があるので戻らなければならない。今夜は帰れないかもしれない。明日にでも詳しい説明をするから、君は先に休んでいてくれ」

アリソンはそう言い残してすぐに出て行ってしまった。本当はあんなことがあったあとなのでそばにいてほしいと思ったが、それはわがままだとわかっていたので黙って見送った。外務大臣が罪を犯したのだ。いろいろと面倒な話し合いがあるのだろう。

大和は用意されていた遅めの夕食を取り、湯浴みをした。いつものように髪を丁寧に拭いてもらい、櫛で梳いてもらう。ホッと息をついたときには、もう深夜に近い時間になっていた。

喉の渇きを感じていたので、フロリオにリラックス効果があるというハーブティーを淹れてもらう。

「おやすみなさいませ」

寝室を辞していくフロリオを、窓際のカウチから見送った。

窓を覆う分厚いカーテンをすこしだけ開けて、ゆっくりとお茶を飲んだ。夜空には二つの月が昇っている。眠気はなかなか訪れてこなかった。きっと気持ちが高ぶっているせいだろう。目の前で剣の打ち合いをされて鮮血に愕然としたり、両手を縛られたり、短剣を突きつけられたり――と、元の世界にいたらあり得ないようなことを、いくつもいっぺんに体験させられてしまった。

あまりにも眠れないようなら、フロリオにお願いして眠れる薬を持ってきてもらった方がいいのかもしれない……と思いながら、ぼんやりと月を眺めた。

今回の事件の詳細はアリソンが話してくれるだろうが、メリルと立てた仮説はそう大きく間違ってはいないだろう。イーガンは金が必要だとわめいていたから、スタイン自治領の金脈に目をつけた。そのころ人質として王都へ行くことが決まっていたメリルの侍従であるガッティは、アリソンの良からぬ噂を信じていたためにメリルの貞操の心配をしていた。一時的にでもメリルを逃がし、そのあいだにスタイン自治領の自治を揺るがすような事件が起きれば、人質制度がなくなるかもしれない。そうすればメリルはもう王都に囚《とら》われの身になる必要がなくなる——と、考えたのだろう。

浅はかだが、二人とも真剣だったにちがいない。けれど、罪は罪だ。

特にイーガンは、外務大臣という立場があるにもかかわらず、国を巻きこむ悪だくみをしてしまった。極秘扱いになっている金脈の利権をわが物にしようと暗躍することは当然のこと、魔導士を雇ってメリルに呪いをかけるのも絶対にやってはいけないことだ。運よくウィルに出会って保護してもらえたが、もし悪意ある人に拾われていたら、いまごろメリルの命は儚《はかな》くなっていたかもしれない。

ガッティも主家の信頼を裏切った。極秘情報を外部に漏らし、メリルを助けるつもりだったのだろうが、イーガンに協力した。

二人の企てのせいで、大和はこの世界に召喚されたのだ。

イーガンが捕まったので、たぶんメリルの呪いは解けるのだろう。どういう仕組みになっているのか、魔道のことはわからないが、きっとメリルは元に戻る。そうしたら——。

(俺はもう、お役御免ってことだよね……)

メリルの代役は必要なくなる。大和がアリソンのそばにいる理由はなくなるわけだ。

寂しい。はじめて人を好きになった。好きな人と会えなくなるのは、とてつもなく寂しいのだと、大和は知った。

アリソンは一国の王だ。大和とは立場が違いすぎる。いくら気に入られているからといっても、それはメリルの代役を務めていたから待遇を良くして、可愛がってくれていただけだ。そのくらいわきまえている。自惚《うぬぼ》れてはだめだ。

(いままでもひとりで生きてきたんだ。これからもひとりで生きていく。ただそれだけのことだ)

自分に言い聞かせる。

この一月半くらいのあいだ、とても幸せだった。生きていくためだけの労働を免除され、役者としてメリル役を演じる充実感を得ることができたし、美味しいものを食べさせてもらい、美しいものだけを見て過ごすことができた。なによりも、アリソンに優しくしてもらえて、人のぬくもりの温かさを知ることができた。

もう十分だ。これ以上を望んだら、きっと罰が当たる。

泣きそうになって、大和はぐっとこらえた。

(王城を出て行こう)

大和の役目が終わったからといって、アリソンはすぐにはここから追い出すことはしないだろう。彼は優しい。けれどいつかここを去ることになるなら、早い方がいい。

五日後に、約束の伽の夜が来ることになっている。その前に出て行きたい。はじめて好きになった人と、最後の思い出にセックスする考えもあるけれど、一度でも抱かれてしまったら、別れがよりいっそう辛くなりそうだった。

この世界の文字をまだ完全には覚えていないけれど、とりあえず会話には困らないし、なんとかなるだろう。できるなら、代役の褒美として、仕事の斡《あっ》旋《せん》くらいはしてもらえないだろうか。

どうせ眠れないのだから、と大和は荷物の整理をしようと思い立った。じっとしていたら悪い方へ悪い方へと考えこんでしまいそうだったからだ。

火を入れたランプを手に持ち、衣裳部屋に行く。いま大和が持っているものは、すべてアリソンとフロリオが用意してくれたものだ。服は持っていけない。この国では、身分と職業によって色分けがされている。けれど靴はもらっていってもいいに違いない。オーダーメイドだし、デザインで仕分けはされていないようだ。

座っていたカウチの下にサンダルを並べ、チェストに本を置く。下着なら色分けはされていないのでもらっていってもいいかな、と大和のために用意された下着をカウチに積み上げる。それだけでもけっこうな量になった。

（キャリーバッグみたいなものを貸してもらえるとありがたいな。そうだ、あの本は……思い出としてもらえないかな）

アリソンが読み聞かせをしてくれた童話集だ。ランプを文机に置き、その本を手に取る。一日二話の約束が、いつしかアリソンの多忙さにまぎれて一日一話になり、ここ数日はゼロになっていた。最後にもう一話だけでも読んでもらえたら嬉しいが、どうだろう。

なんて考えていたら、静かに扉が開いた。フロリオが様子を見にきたのかと、何気なく振り向いたら、アリソンだった。その後ろから影のように付き従うフロリオも入ってくる。

「ヤマト、まだ起きていたのか？」

「おかえりなさい、陛下」

今夜はもう会えないかと思っていたので、顔を見られて嬉しい。ごく自然に笑みがこぼれる。アリソンは両手を広げながら歩み寄ってくると、大和を抱きしめた。出て行くと決めたからか、いつもと変わらない抱擁なのに、アリソンの力強さに胸が震える。

「陛下、湯浴みはどうなさいますか？」

「疲れたからさっぱりしたいが……」

アリソンの口から「疲れた」という言葉をはじめて聞いた。月明かりだけでもわかるほど、アリソンは冴《さ》えない表情をしている。やはり信頼していた大臣が罪を犯した事実は、王であるアリソンを打ちのめしたのだろう。

「お茶をお淹れしましょうか。それを召し上がったら、もうお休みになられては？　湯浴みは明日の朝でもよろしいですよ」

「そうしようか」

ふう、とアリソンが大和を抱きしめたまま、息をつく。ではお着替えを、とフロリオが寝室内を横切り、ふと足を止めた。

「ヤマト様、これはなんですか？」

アリソンの腕の中から抜け出して、フロリオが「これ」と指さしたものを見た。カウチに積んだ下着と、その下に並べたサンダルだった。

「ああ、それは、その、荷物の整理を……」

「こんな時間に、ですか？」

「不意に思い立ったので」

「下着と、靴だけですか？」

「もらってもいいものかなと思って……出してみたんです」

「もらう？　もともとこれはヤマト様のものですが？」

「いいえ、その、ここから出て行くときに――」

「ヤマト様」

言葉を遮ってきたフロリオが、奇妙な顔をした。大和になにか言おうとしてか、口を開け、なにも言わずに口を閉じる。

「もらっては、いけないものでしたか」

なにも持ち出してはならない決まりがあるのなら、仕方がない。残念だが――。

「フロリオ」

「はい」

「出て行ってくれ。二人だけにしてくれないか」

アリソンが固い声で命じると、フロリオは入ってきたときと同様に、音もなく退室していった。

「ヤマト」

「はい」

アリソンは天井を仰ぐようにしたあと、ひとつ息をつき、ベッドの端に腰かけた。無言で手招きされて、彼の前に立つ。そうすると身長差がちょうどなくなり、目線がおなじくらいになった。

「どうしてここから出て行くことなど考えた?」

がしっと両肩をアリソンに摑まれた。大きな手が肩に食いこんで痛いくらいになる。アリソンは青ざめて、怖い顔になっていた。まっすぐな視線が、射《い》貫《ぬ》くような強さで大和に向けられている。

「どうしてって……陛下、肩、痛いです……」

「ヤマト、答えろ。どうして出て行くことなんて考えたんだ。だれかが出て行けと言ったのか?　それとも出て行きたくなるほどここが嫌なのか?」

「あの……」

「私がなにかしたか?　だれかになにかされたか?　ああ、今日は怖い目にあわせてすまなかった。君を守ると言ったのに、私はそれを違《たが》えてしまった。申し訳ない。ここから出て行きたくなるほど恐ろしかったんだな。あんなことは二度とない。今度こそ、君を何者からも守ってみせるから、出て行くことなど考えないでくれ」

アリソンの鳶色の瞳が潤んでいる。こんな顔を見たのははじめてで、大和はどうしていいかわからず、棒立ちだ。アリソンはずり落ちるようにしてベッドから下り、絨毯に膝をついた。大和の体に、縋るように抱きついてくる。

「ヤマト、どこにも行かないでくれ」

「陛下……」

ぐっと大和の腹にアリソンが顔を埋めてくる。くぐもった声の哀願が続いた。

「頼むから、ここにいてくれ。私が悪かった。イーガンが怪しいとわかっていながら、後手に回ってしまった。もっと早く対策を講じていたら、君を怖い

目になどあわせなかったのに」

「陛下、立ってください。俺……」

「君を一生守る。いや、守らせてくれ。私が君を守りたいんだ。私が君を異世界から召喚した。私が責任を持ちたい。その役目はだれにも渡したくない。ヤマトは私だけの勇者だ」

アリソンだけの勇者――。胸にじんとくる言葉だった。

そう言ってもらえて、努力の日々が報われたと思う。役目を与えてもらえて嬉しかった。必要としてくれたアリソンの期待に応えたかった。役に立ちたかった。そのために勉強していたのだ。

「陛下、そんなふうに言ってもらえて嬉しいです。でも、俺の役目はもう終わったでしょう？　メリル王子の呪いは解けましたか？　代役が必要ないなら、俺がここにいる理由はもうありませんよね」

自分の口からそう告げるのは辛かったが、ここではっきりしておかなければ、ずるずるとアリソンの好意に甘えてしまいそうだ。邪魔な存在にはなりたくない。

「メリルの呪いは解けたと報告を受けた。君は代役から解放された。だが――」

「それは良かったです。ウィル王子も喜ばれたでしょう。俺が仮面をつけて人前に出る機会はもうないですね。あの仮面、だれにも見せませんから、記念にもらってもいいですか？」

「もちろん、欲しければもらえばいい」

「本もください。陛下が朗読してくれた、あの童話集です」

「本なんて、好きなだけくれてやる。ヤマト、私の話を聞いてくれ」

「陛下、俺にもできそうな仕事を紹介してもらえませんか。俺、なんでもやります。まだこちらの世界の言葉の読み書きは怪しいですが、きっとなんとかなると思うんです」

「それはできない」

きっぱりと拒否されて、大和はなにも言えなくなった。

そんなことも許されないのかと、城の外への不安が圧し掛かってくる。ただでさえ、好きな人ともう会えなくなるかもしれないというのに、生活基盤を一切与えられないままで放逐されたら、いくら孤独に慣れた大和といえども辛くて生きていけないかもしれない。

「……ヤマト、誤解しないでくれ。私は君に仕事をするなと言うつもりはない。ただ、この王城内で、私のそばで暮らしていく限り、無理に仕事をする必要はないと思っている」

アリソンのそばで暮らしていく——。まるで決定事項のようにアリソンはそう言い切った。当分のあいだはここにいてもいいようだ。だがそれはいつまでだろうか。大和が不自由なく文字の読み書きができるようになるまでだろうか。

「ヤマト……」

アリソンの手が、大和の頬をそっと撫でた。鳶色の瞳がじっと見つめてくる。

「君がここにいる理由は、ある。私が必要としているからだ」

「陛下」

「たしかにメリルの代役は必要なくなった。役者である君にとっては、仕事を取り上げられたようなものだろうが、私はこの日を待っていた。すべての片が付いたら、私は君にあらためて求愛するつもりだったんだ」

アリソンが大和の右手を取り、その甲にくちづけた。

「ヤマト、愛している。どこにも行かずに、私のそばにいてくれ」

一瞬、息をするのを忘れた。苦しくなって、喘ぐようにして肺に空気を入れる。これは夢だろうか。大和はいつのまにか眠っていて、願望を夢に見ているのだろうか。

「メリルの呪いが解けたら、自分はもう不要だと、ずっと思っていたのか？　すまなかった。君がそんなふうに考えていたなんて、まったく気付かなかった。さぞ不安だっただろう。君にとってこの世界はまだ慣れないことだらけだ。召喚しておいて責任を持たないことなど、私にはあり得ないことなのだが、そんなこと君はわからなかっただろう。先のことを話しておかなかった私に非がある」

すまなかった、とアリソンは頭を垂れた。金茶色の豊かな髪を見下ろし、大和はじわじわと喜びを実感してくる。

「……陛下、俺のこと、本当に、その……あ、ああ愛、して、くれてる……の？」

「愛している。君だけだ」

「本当に？」

「いままでにも何度か、想いを告げたはずだが」

「えっ、そうでした？」

可愛い、は何十回も聞いた。愛しい、も何回も聞いた。けれど愛しているは、いまはじめて聞いたように思うのだが。

「五日後に伽の約束をした。私は楽しみにしていたが、ヤマトはそうではなかったのか？　もしかして伽が嫌なのか？　嫌だと思っているのならやめよう。私は無理に君の純潔を奪うつもりはない」

「そんな、嫌ではありません。でも俺、一度でも陛下とそういうことをしてしまったら、ここから出て行くときにすごく辛い思いをするだろうから、それなら、してしまう前に出て行った方がいいかと考えて……」

「だからどうして出て行くことが前提なんだ？」

アリソンが苛立ったように声を荒げる。

「私は君を愛している。私に愛されるのが嫌でなければ、ずっとここで生活してほしい。私はヤマトだけがいてくれればいいと思って、後宮を閉鎖させたんだぞ」

「えっ、そうだったんですか？」

後宮閉鎖の理由が、まさか自分だったとは。

はじめて聞く話に、大和はびっくりを通り越して唖然とした。貴族の美姫ばかり五人もいたという後宮よりも、大和を取ったと胸を張るアリソンに、ふたたび抱きしめられる。

嬉しい。好きな人に、愛していると言ってもらえて、とても嬉しい――はずなのに、幸せの絶頂というわけにいかないのはなぜだろう。頭の半分は冷静で、釈然としていないのはどうしてだろう。

「どうして、俺なんですか……？」

疑問がぽろりと口からこぼれる。


そうだ。どうして自分が選ばれたのかわからないから、手放しで喜べないのだ。大和はおのれに自信がない。アリソンほどの男が、なぜ自分を愛してくれたのか、理解できなかった。

「俺は、なにも持っていません。この世界での話だけじゃなくて、元の世界でも、底辺で生きていました。父親はだれかわからなくて、母親は俺のことを邪魔な存在としか思っていなくて、愛情なんか注いでもらった覚えはありませんでした。母親が事故で死んだときも、涙なんか出なかった。あんまり悲しくなくて、俺、人でなしだと、自分のこと……思いました」

葬式なんてしなかった。火葬だけを頼んで、費用がいくらかかるのか、それだけが心配だった。

「役者を目指そうとしたのは、思いつきで、崇高な目標なんかなくて、俺が持っているのはこの体だけだったから、元手がかからないものといったら役者かなって——」

自分を抱きしめてくるアリソンの腕にぐっと力が入った。天井を見上げる視界がぼやけてきて、泣いていることを自覚する。

「でもそのおかげで、この世界に必要とされて、良かったって思いました。陛下に出会えて、本当に良かった……。ただ漠然と生きていて、このままなにも成さずに年を取って死んでいくのかと絶望していたから、一度でもだれかの役に立てて嬉しかったです。メリル王子の代役だから、みんなが優しくしてくれているのはわかっていたけど、それでも、ここでの生活はぬくもりに満ちていて、楽しかった。陛下にも、とても感謝しています。俺なんかのこと、大切にしてくれてありがとうございます」

「感謝しているのは、こちらの方だ」

「優しくしてくれて、こんなふうに抱きしめてくれて、俺、もう十分です。俺の気持ちを知っていて、伽を命じてくれたのなら、取り消してくれていいです。後宮はまた妾妃さんたちを呼び戻せば——」

「ヤマトの気持ちとはなんだ？」

う、と言葉に詰まる。アリソンを窺うと、柔らかなまなざしになっていた。

「わかっているくせに、俺に言わせるんですか」

「言ってくれ。私の想像と違っていたら恐ろしい」

アリソンでも怖いものがあるのかと、ちょっとだけ笑いがこみ上がった。強張りがわずかだけ解《ほぐ》れる。

ぎゅっと目を閉じて、かつてないほどの勇気を振り絞って告白した。

「す、好き、です」

五日後にはセックスするつもりでいた相手に、こんな土壇場で告白することになるとは。というか、順番がめちゃくちゃになっていたことに、いまさらながら気付いた。

「私のことが好きなのか？」

「好きです」

「だったら出て行くことなど考えるな。どうして自分なのか、なんて疑問を持つな。私を信じろ」

信じ切れない自分を誤魔化すことができず、大和は黙ってしまう。アリソンがそっと抱擁を解き、大和の顔を覗きこんできた。涙が滲んだ目尻を、優しく指で拭ってくれる。

「私の話をしようか」

おいで、とベッドに上がるアリソンに促されて、躊躇《ちゅうちょ》しながらも、大和も踏み台を使って上がった。いくつもある枕を背凭れにして、二人は並んで座る。

「ヤマト、以前、私は結婚するつもりはないし、子供を持つつもりもないと言ったことを覚えているか？」

「覚えています」

「それには理由がある。私には、このレイヴァース王家の血が流れていないからだ」

とんでもなく重大な秘密だ。国民に知られたら大変なことになるだろう。なのに、アリソンは大和に打ち明けてくれた。

「母は父を裏切り、私という不義の子を産んだ。血縁上の父は護衛の騎士で、私がその事実を知ったときには病死していた。十歳くらいのときだ。衝撃だった。尊敬する父の血が自分に流れていない、すでに王太子になっていたが許されるのか、と苦悩した。父がそれを知っていたかどうか、私は恐ろしくて問うことができなかった」

アリソンが淡々と話す声からは、当時の苦しみや悲しみは見出せない。こうして過去のものとして話せるようになるまで、どれだけひとりで悩んだのだろうか。

大和自身は、父を知らない。戸籍にはだれの名前も書かれていなかったし、母もなにも言わなかった。もし父に別の家庭があったのなら、大和も不義の子になる。だが真実を知らなかったから、悩むこともなかった。幼いころは知りたいと願ったこともあったが、年を重ねるにつれて知ってどうすると冷めた見方になっていった。

だから、大和には、アリソンの辛さを想像することしかできない。

「父の死後、私は慣例に則《のっと》り、王位を継いだ。だがこの身に王家の血が流れていないことは、この私が一番良く知っている。だから結婚はせず、子供も作らないと決めた。妹のアマベルが結婚し、デリックを無事に出産したあと、次代の王はこの子になる——と彼女にすべてを話した」

アマベルは泣いていた、とアリソンが細い声で続ける。たったひとりの妹の心情を憂い、視線が遠くなっている。

「彼女は、私の決意を尊重すると言ってくれた。そして、デリックが立派な王になれるよう、教育してみせると頼もしい宣言もしてくれた。デリックは健全に育っている。素晴らしいことだ」

歓迎の会で挨拶したデリックを思い出す。まだ十二歳でありながら、きりっとした聡明そうな少年だった。

「私は仮の王だ。デリックが王位に就くまでの繋ぎだと思っている。無難に在位期間を過ごし、おのれの幸せは深追いせず、なんとなく生きてきた。後宮の妾妃たちも、愛さないように気をつけていた。私は幸せになってはいけないと、なんとなく、思っていた」

苦笑いしたアリソンには、色濃く孤独の気配が漂っている。大和は手を伸ばして、アリソンの大きな手を握った。

「けれど、私は君に出会った。メリルの代役として召喚した勇者だが、まるで私のために来てくれた人のようだと思った」

アリソンがきゅっと手を握り返してくる。

「こんなことを言ったら、大和は気を悪くするかもしれないが……」

「なんですか?」

「私は君に、自分とおなじ孤独の気配を感じたんだ」

ああ、そうか——と、腑《ふ》に落ちるものがあった。傍らにいるアリソンを見遣れば、ひっそりと視線が絡まる。自分もきっと、無意識のうちにそれを感じていた。だから最初から、アリソンには気を許してしまっていたのだろう。

「どうしようもなく、君に惹《ひ》かれた」

「……俺もです」

寂しい者同士が惹かれ合ったのかな、とアリソンが内緒話のように囁く。

「一目見たときから、私は君をそばに置きたいと思った。毎日毎日、どんどん君が可愛くなっていって、手放せないと思うようになったのは早い時期だ。大和に夢中になっているのを自覚したのは、逆に遅かったけれどね。ウィルにからかわれ、フロリオには落ち着けと叱られ、やっと君に恋をしていると認めた。往生際が悪い」

ふふふ、と密やかに笑うアリソンの瞳が、あやしく光る。大人の色気がじわりと滲み出てくるような笑みだった。

「ヤマト、君に伽を求めたのは、純粋に、私が君を抱きたいと思ったからだ。そして、君からも、私への好意を感じた。間違っていなかったはずだ。そうだろう?」

「はい……」

「一夜限りで終わらせるつもりはまったくなかった。メリルの件が片付いたら、正式に求愛するつもりだった。私は君に出会って、欲張りになったんだ。すこしくらい幸せを追求してもいいのでは、と思うようになってしまった。だから、責任を取ってほしい」

ゆっくりとアリソンのきれいな顔が近づいてくる。

そっと、触れるだけのキスを唇に受けた。温かくて、柔らかな感触。それだけで、アリソンの真摯な想いが伝わってくるようなキスだった。

胸になにかが溢れてきて、目頭が熱くなる。

「陛下……」

「アリーと、呼んでほしい」

アリソンの愛称であるアリーと。以前にもそう望まれたが、一国の王を愛称で呼ぶことはできないと拒んだ。

「アリー……」

けれどいまは、すんなりと呼ぶことができた。アリソンが満足そうに微笑む。

「そう、これからは私のことはアリーと呼んでほしい」

もう一度、キス。今度はちゅっと唇を吸われて、じん…と体の奥になにかが響いた。なにが、どこへ響いているのか――。探ろうとしたがアリソンの大きな体が圧し掛かってきた。

「ヤマト、五日後まで待てない」

あ、と声を上げる暇もなく、覆い被さるようにして唇が重ねられた。アリソンの舌が歯列をこじ開けるようにして口腔《こうこう》に侵入してくる。そういうキスがあることは知っていても、経験はまったくなかった。驚いているあいだに身動きできないくらい体重をかけられ、頭を抱きこまれて固定される。

大和の無防備な舌はあっさりと探り当てられ、ねっとりと絡められた。嫌悪ではない、ぞくぞくする感覚もはじめてだ。恐れおののき、体が勝手に逃げようとする。けれど身長も体重も一回りどころか二回りか三回りくらいサイズが大きなアリソンに圧し掛かられて、動けるはずもなかった。抵抗は、たぶんアリソンにとってもぞもぞと動いているくらいにしか感じられなかっただろう。

ディープキス初体験の大和は、ただただアリソンのキスに翻弄されて、とろとろに蕩けた。気持ち良すぎて、四肢を投げ出したまま横たわっているだけだ。もっと積極的に動いて、アリソンを楽しませなければいけないと頭ではわかっていても、なにをどうすればいいのかさっぱりわからない。

求めてくれているアリソンに申し訳なくて、大和はくちづけられながら涙ぐんだ。

「ヤマト？　どうした？」

気付いたアリソンが顔を離し、指先で目尻に触れてきた。

「……ごめんなさい……」

「それはどういう謝罪なのかな。私に抱かれるのは嫌か？」

それはちがう、大和は首を横に振って否定した。

「俺……なにも、できなくて……」

声が震えた。呂律が回らないのは、もしかしていまアリソンに散々舌を吸われたからか。

「こういうことは、はじめてで、陛下はつまらないですよね……。ごめんなさい……どうしたらいいのか……」

「私のことはアリーと呼びなさい」

「アリー……」

「ヤマト、君がはじめてなのは、わかっている。伽の作法を学んでもらってから抱きたいと思ったら、初日を決めて、フロリオに頼んで仕上げておいてもらえばいいことだ。けれど私は、最初から君に性欲処理としての伽を命じるつもりはなかった。十日後と決めたときだって、フロリオにはなにも頼んでいない。私は、君を恋人として愛したいと思ったからだ」

「恋人……」

「君の元の世界がどうだったのかは知らないが、私が考える恋人との性交は、高まる気持ちを抑えきれなくなったときに、おたがいの深いところまで知り、想いを伝え、交感するために体を繋げる行為だ。慣れているとかいないとかは関係ない。大切なのは気持ちだろう」

アリソンは穏やかな口調で、混乱する大和に、まるで教師のように語ってくれた。

「私は君を愛したい。気持ち良くさせてあげたいし、全身あますところなく触れたい。そこに君の技巧など必要ない。むしろそれが必要なのは私の方だろう。君はただ、私がすることを拒まず、素直に感じてくれていればいいんだ。わかるか？」

「……はい」

頷いた大和に、アリソンが微笑む。体を起こし、膝立ちになったアリソンは、服を脱ぎはじめた。

部屋の明かりは、窓から差しこむ月光と、たったひとつのランプだけ。無駄な部分がない、筋肉質の男らしい体が現れる。この国の服は体の線をほぼ隠してしまうので、よほど太っていたり痩せていたりしない限り、脱がなければ詳細はわからない。着替えのときにアリソンの裸体はチラ見していたが、大和はあらためて理想的な肉体美に感嘆のため息をついた。

トランクスに似た下着も、アリソンはためらわずに脱いでしまう。体格に見合った立派な性器は、すでに力を漲《みなぎ》らせて天を突く勢いだ。大和を抱きたい、五日後まで待てないという言葉は本当だったのだ。そんな状態になっているにもかかわらず、アリソンは緊張して怯えている大和の気持ちを慮《おもんぱか》って、性急にことを進めようとはしていない。

アリソンの思いやりに、大和は胸が痺れるような感動に包まれた。

もう、なにをされてもいい。好きなように扱ってほしい。アリソンが望むなら、髪一本から足の先まですべて、捧げてもいい。いや、捧げたい。

一瞬で大和の体にも火がついた。自分も脱がなければ、と慌てて寝間着のボタンに指をかける。けれど急《せ》く気持ちとは裏腹に、震える指先がボタンを上手く摘めない。

「ヤマト、そんなに慌てなくても大丈夫だ」

笑いながらアリソンが手伝ってくれて、なんとか裸になることができた。下着を取り去るときは、やはり羞恥に襲われたが、これ以上アリソンを待たせたくないという思いが強くて、勢いよく脱ぎ捨てる。

「ヤマト、とてもきれいだ」

褒めてもらえるほどの肉体美ではないことくらい、わかっている。けれどこっちの世界に来てから栄養状態が良くて、みっともないほど痩せていた貧弱さからは脱していた。

お返しにアリソンも素敵だと言いたかったが、胸がいっぱいで言葉が出てこない。

「抱きしめていいか？」

はい、と頷くと、そっと優しく抱き寄せられた。ゆっくりと腕に力をこめられて、きつく抱きしめられる。大和も両腕をアリソンのむき出しの背中に回した。鼓動が直接、胸に伝わってくる。

素肌を重ねる心地良さにうっとりした。下腹部に当たっている固いものがアリソンの性器だと気付き、大和はまた嬉しくて泣きそうになる。裸で抱き合っているのに嫌悪感は微塵もない。大和を包んでいるのは、好きな人とこうして抱き合える喜びだけだ。なんてすごいことだろう、とアリソンへの感謝の思いが溢れた。

「好きにしてください、俺、きっとなにをされても嬉しいと思います。だから、陛下の……アリーのやり方で、好きなように、俺を抱いてください」

「危険な発言だな。君は大人の男の恐ろしさを知らないようだ」

鼻先を触れ合わせ、アリソンが至近距離で鳶色の瞳をキラリと光らせる。男の色気を振りまくアリソンに、大和はふるりと震えた。

「じゃあ……教えてください。男の恐ろしさを」

「後悔しても、知らないぞ」

ふふ、と笑ったアリソンは、唇を笑みの形にしたまま大和にくちづけてきた。すぐに舌を絡められて、大和はなんとか自分でも舌を動かしてみる。粘膜を擦り合わせるとまたもや蕩けるような感覚の虜《とりこ》になった。唾液をかき混ぜる動きに夢中になり、不意に上顎を舐められたり舌先を噛まれたりするたびに、大和は背筋を震わせた。

アリソンの唇が大和の火照った頬をついばみ、顎を舐め、首筋のすべてにキスをする。濃厚なくちづけが終わってしまって口が寂しいと思ったのはほんの数瞬で、すぐに大和は絶え間なく、忙しく喘ぎ声を漏らすようになった。

「あ、あんっ、あ、あ、んんーっ」

隅から隅まで撫でられて、全身が燃えるように熱くなる。大和がびくびくと震えて反応した場所は、しつこいほどの愛撫《あいぶ》が繰り返された。

「ああ、ああっ、やだ、そこ、あっ」

乳首を弄《いじ》られて身もだえる。そんなところが感じるなんて知らなくて、大和は涙ぐみながら「変になる」と訴えた。まだ一度も直接触ってもらっていないのに、大和の性器はもうとうに勃起している。乳首を弄られると、性器から漏れてしまいそうなほどの快感が走った。痛いほどの勃起をどうにかしたくて、本能的に片手で握りこむ。だがその手を、やんわりと外された。

「ヤマト、私にやらせてくれないとだめだ」

「あ、んんっ」

アリソンの大きな手で屹立《きつりつ》が包まれる。もう片方の手で乳首を弄られながら性器を扱《しご》かれて、大和はあっという間に白濁を迸らせてしまった。最後の一滴まで搾り取るような扱かれ方をされ、くったりとシーツに沈みこむ。

「たくさん出たね。君のあのときの表情は最高に可愛い。今後は、自分で処理してはだめだ。したくなったら私に言いなさい。君のすべては私のものだ。管理させてもらうよ」

頭がぼうっとして意味がよくわからなかったが、大和は頷いた。

生まれてはじめて他人の手によって射精に導かれ、精も根も尽き果てた大和だが、まだアリソンは終わっていない。また乳首を弄られだして、大和は喘いだ。一回いって、余計に敏感になってしまったのかもしれない。くちづけられながら両方の乳首を嬲《なぶ》られ、また勃起した。乳首は赤く腫れ上がり、じんじんと熱を発している。痛いと泣きごとを言ったら、優しく舐められた。吸ったり、歯で扱かれたりすると、また性器から漏れてしまいそうになる。

感じすぎて怖い。自分の乳首がこんなに恐ろしいものだったなんて、知らなかった。

広いベッドの上を、なんとか逃げようとして這っても、アリソンの愛撫がついてくる。

「どこへ行くつもりだ?」

耳に直接問いかけを吹きこまれ、そこからも感じてびくびくと背中を波打たせてしまう。涙で潤んだ視界に映るベッドは、絶望的なほど広かった。力が入らない手足では、とうてい逃げられそうにない。

「逃がさないよ、ヤマト」

力強い腕に抱っこされ、あっさりと元の位置に戻される。アリソンは的確に体重を乗せてきて、大和が動けないようにしながら、重なった枕の下に手を突っこんだ。カチャカチャとガラス同士が擦れるような硬質な音がしたあと、ふわりと甘い香りが漂った。

「あ、えっ」

片足を折り曲げられた。そのまま持ち上げられて、後ろに——尻の谷間にぬるりとしたなにかが塗られた。男同士はそこで体を繋げると知っている。いよいよ準備をされるのだと、大和は息を詰めた。

甘い香りは、きっと潤滑剤の香料だ。ものすごくぬるぬるしているから、植物性の油かもしれない。

そこにぬめりを塗っているのは、たぶんアリソンの指。そんな場所に触れられているのかと思うと、恥ずかしさのあまりどうにかなってしまいそうだった。

「ヤマト、力を抜いて。まず慣らさないと」

頑張って力を抜くと、ぬくっと細いものが入ってきた。指だ。アリソンのあのきれいな指が、尻のあんなところに入ったのだ。ごめんなさい、と大和は心の中で何十回も謝った。

男だから入れる場所はそこしかない。それでも女だったら良かったのに、とは思わない。女だったら、母親とおなじ性になってしまう。大和は男として生きてきて、いま、男のままでアリソンに抱かれようとしているのだ。

この方法しかないのなら仕方がない。アリソンが嫌がるのなら、同性であることを呪ったかもしれないが、そうではなかった。アリソンが男女どちらともセックスできる人で良かった、と大和はおのれの幸運をぐっと噛みしめる。

「ヤマト、痛くないか？」

こくこくと頷くと、指が二本になった。さらに潤滑剤が足されて、股間全体がぬるぬるしてくる。体温で香料がより拡散されたのか、ベッドの上はもう花畑のど真ん中かと錯覚するくらいに甘い香りでいっぱいになった。辛抱強く弄ってくれるアリソンのおかげか、二本の指が楽に出入りできるほどにそこが解れてきた。異物感が薄れ、いったん萎えていた性器が、ふたたび頭をもたげてくる。

するとl単調だった指の動きが、複雑になった。ばらばらに動かされたり、粘膜を抉《えぐ》るようにしてきたり――。

「ひ、ああっ！」

唐突に、電流が走ったような衝撃があった。大きな声が出てしまい、大和は混乱しながらも自分の口を手で塞ぐ。

「ヤマトの良いところはここだな」

「なに、なにが……」

アリソンの指がまたさっきとおなじように粘膜を抉り、大和はがくんと腰を跳ね上げさせた。自分でそうしようとしているのではない。勝手に腰が激しく反応してしまうのだ。快感のあまりそうなるのだと理解するのに、しばらく時間がかかった。

「あ、やだ、そこやだ、いやですっ」

立て続けにそこばかりを指でぐりぐりと刺激され、大和は全身で悶えた。アリソンは容赦なく指を使う。大人の男の本気を隠さないアリソンが怖くて、それでもやめてほしくなくて、自分に覆い被さっている体にしがみついた。

「ヤマト、君の中は熱いな。上手に私の指を包みこんでいる。ほら、もう三本になった。わかるか？」

わからない。何本かなんて、もうわからなくなった。ただ、嫌じゃない。発見された「良いところ」を何度も何度も刺激されて、もっと弄ってほしくなる。

いつしか両足を大きく広げて、アリソンの腰を挟みこむような体勢になっていた。ぬるりと指が後ろから抜けていく。弄られすぎて閉じなくなっているのかもしれない。そこが寂しい。大和が縋るようにアリソンを見つめると、微笑みとともにキスが降ってきた。

後ろに熱いものがぴたりとあてがわれた。ぐっと押しこめられてくるそれは、指よりもずっと太くて、長くて、熱かった。広げられる痛みと、指とは比べようもないほどの異物感に、大和はどうしても怯えてしまう。それをアリソンは根気強く宥め、焦らずに時間をかけて、すこしずつ大和の中に埋めていった。すべてが大和の中におさまったとき、アリソンは汗だくになっていた。

「……ヤマト……ひとつになれた」

「陛下……」

汗と精液の匂いにまみれながらセックスしているのに、感動のあまり大和は泣いた。

「アリーだ」

「そうでした。アリー」

逞《たくま》しい首に腕を回し、大和はすすり泣く。いまはっきりと、この人を愛していると思えた。好きでは足りない。この気持ちは、間違いなく愛だ。

アリソンがそっと腰を引いた。ぞくり、と未知の快感が粘膜をざわつかせ、ぐっと押しこまれて声が上がる。気を遣った小さな動きは、やがて大胆になった。

痛みはすぐに強烈な快感で塗りつぶされ、大和の気持ちそのままにアリソンを包み、食むように蠢《うごめ》く。

「あ、あっ、ああっ、う、んんーっ！」

「く……、ヤマト……！」

アリソンの呻き声に陶然となり、柔らかな粘膜を剛直でかき回される悦楽に、大和は溺れた。激しく揺さぶられ、甘い喘ぎ声で気持ちいいと訴える。二人の腹の間でもみくちゃにされていた大和の性器が二度目を放っていたが、それに気が付かないくらいにいきっぱなしになっていた。

いきすぎて痙攣《けいれん》している大和の奥に、アリソンの熱が放たれる。痛いほどに抱きしめられ、くちづけられ、大和はすべてを受け止めた。

「ああ、ヤマト……」

また顔中にキスをされる。耳朶《じだ》を噛まれて「あん

っ」と悶えたら、何度も歯を立てられた。なぜだか気持ち良くて、もっととせがんだら、脇腹に触れていたアリソンの性器がふたたび兆してきた。

うつ伏せにされ、腰だけ高く掲げて背後から挿入される。たまらなく感じて、淫らな腰の動きに、いつしか大和も合わせていた。アリソンの息遣いが荒くなり、痛いほどに尻を鷲掴みにされて、また中に体液を注ぎこまれる。かくりと力尽きて大和は横たわった。アリソンに抱き寄せられて、汗ばんだ体に包まれる。

かすむ視界の中で、文机に置いたランプの灯が消えた。オイルがなくなったのだろう。窓から差しこんでいた月光も角度が変わって細くなっている。

「ヤマト……」

愛している、と囁かれた記憶を最後に、大和は気を失うように眠りに落ちた。

◇◇◇

王の執務室には、クレイトンが報告に来ていた。

あの夜から三日がたっている。

イーガンは外務大臣を罷免され、王都を追放されることとなった。妻と子たちがイーガンについていくかどうかは、関知しない。贅沢に慣れた貴族の妻子が、無一文同然となった男にまだ情を寄せるかどうかはわからない。

ガッティはメリルの侍従から外され、監視つきの馬車でスタイン自治領に帰されることに決まった。処分は領主に任せる。

スタイン自治領内で発見された金脈については、今後、話し合いの場を設けることになった。神聖な山を汚したくないという領主の気持ちはわかるが、知ってしまった以上なんらかの方針は立てなければならなかった。

幸いなことに、レイヴァース王国の国庫は潤っていて、困窮しているわけではない。時間をかけて意見をすり合わせ、妥協点を探り、領主の意向を著しく損なわない範囲内で調査ができればいいと、アリソンは考えている。金の埋蔵量が少なければ、開発しないで済むだろう。場合によっては、調査結果を捏造《ねつぞう》しても良いと思っている。

「こうなると、書簡を届けるための早馬が、片道五日もかかるのは面倒ですな。スタインと頻繁に連絡を取りたくとも、思うようにいきません」

クレイトンが愚痴るので、アリソンは「私もそう思っていた」と同意した。

「隣のアンブローズ王国では、魔道による通信手段が日常的に使われているそうだ。国交を回復させて、正魔導士を留学させるというのは、どうだ？」

「なるほど。それでは、まず宝石商人に話をつけ、商隊に使者を同行させてもらいましょう」

少々時間がかかるが、失った魔道を手に入れるためには、焦らずにアンブローズ王国と信頼を築いていくしかない。あちらにはアリソンと同年代の王がいる。今後は交流を持てたら、面白いかもしれない。

そのあと二人は、後任の外務大臣をどうするか話し合い、何人か候補者を挙げた。他の大臣も集めた会議で決定することにして、アリソンは席を立った。

すでに執務時間は過ぎている。早く居室に戻りたくて気が急いていた。

落ち着かないアリソンを、クレイトンがため息まじりに「陛下」と呼び止める。

「ヤマト様のこと、どうなさるおつもりですか」

「どうもこうも、いままで通りだが？」

大和はずっとアリソンの居室で寝起きしている。いまも帰りを待ってくれているはずだ。

「私が聞きたいのはそういう日常生活のことではなく、ヤマト様の立場のことです。独身にもかかわらず後宮を閉鎖してしまったわけですから、陛下の私生活がいったいどうなっているのか、大臣たちだけでなく民たちも心配しています。いっそのことヤマト様の存在を公表してしまったらどうですか」

「公表してもいいのか？」

大和に対してどことなく冷たい態度を取るクレイトンは、てっきり二人の関係に反対しているのかと思っていた。

「陛下のお相手が少年だと知れば、未婚であることも、美姫揃いだった後宮をなくしてしまったことも、みなは納得するでしょう。元から変わり者として知られていた陛下です。いまさら生涯の伴侶と決めた相手が同性でも、たいして評判は変わらないのではないかと、私も開き直りました」

そう言いながらも、クレイトンは「はぁ……」と憂鬱《ゆううつ》そうなため息をついている。生真面目な性格のクレイトンにとって、この妥協はずいぶんと心労を伴うものだったのだろう。もしかしたら、妹のアマベルがなにか口添えをしてくれたのかもしれない。

メリルの呪いが解けたあと、アリソンはアマベルに自分の口から経緯を話した。お茶会に招待されて参加したのはメリルではなく代役の大和だった、騙すような形になってすまなかったと謝罪した。そして、ともに生活するうちに大和を愛してしまったことも打ち明けた。

アマベルはころころと声を立てて笑い、笑いすぎて涙ぐみ、「良かった」と呟いた。

「陛下……、いえ、いまは兄上と呼ばせてください。私はずっと兄上が気の毒でした。兄上の生まれは、兄上のせいではありません。それなのに、おのれの罪のように自分を責めていましたね。独身を貫き、厭世《えんせい》的な子を生《な》さないと決めてしまわれた。私は、兄上がとても心配でした」

ふくよかな白い手に、そっと手を握られた。かつては同情などいらないと拒んでいたが、いまは肉親の情が素直にありがたかった。

「こんど、ヤマトに会わせてください。頑《かたく》なな兄上の心を溶かしてしまわれたなんて、さすが勇者ですわ。仲良くなりたいです」

そう言ってもらえて、アリソンは嬉しかった。義理の父に当たるクレイトンに、アマベルはこっそりと裏から意見してくれたのかもしれない。

「ありがとう。クレイトン」

「仕方がありません」

渋々といった表情を崩さないクレイトンに、アリソンは苦笑いした。

公表する日時と方法は、後日また相談することにして、アリソンは執務室を後にする。護衛の騎士を従えて、速足で居室に向かう。

「おかえりなさいませ」

待っていたのはフロリオだった。「ヤマトは？」と視線を飛ばしながら愛しい者の姿を探す。

「寝室で休んでおられます」

「体調が悪いのか？」

「……それを、陛下がわたくしにお尋ねになるのですか」

ため息をつかれ、大和が昼寝している原因が自分にあると思い至る。

はじめての夜からこっち、アリソンは執務の時間以外のほとんどを、大和と睦《むつ》み合うことに費やしていた。ひどいときは寝台の上で食事を取るほどだ。

体を繋ぐことが大変だったのは初日だけで、大和はすぐに要領を覚え、アリソンに快感と幸福感を与えてくれる。求められることが嬉しいと微笑む大和が可愛くて、アリソンの愛情は滝のように溢れ、大和を溺れさせるほどになっていた。

これほどの充実した日々を経験したことがないアリソンは元気いっぱいだが、大和は一日に何度も昼寝をしているらしい。文字の勉強も捗《はかど》っていないと聞いている。自分よりもはるかに体格が劣る大和は、当然、体力もない。アリソンが全力でぶつかっていけば負けるのはわかりきったことだが、なかなか制御できなかった。

「様子を見てくる」

「見るだけですよ。陛下、もう今日は手を出してはなりません」

フロリオにはっきりと苦言を呈され、アリソンは頷きながら寝室に入った。窓のカーテンが半分だけ閉められた寝室は薄暗い。大きな寝台の中に、大和の小さな顔がちょんと埋もれていた。健やかな寝息を立てている大和を、じっと見下ろす。

やはり見ているだけでは物足りなくなって、アリソンは寝台に上がった。大和に添い寝するように横臥する。手を伸ばして、そっと頬に触れてみた。

「ん……」

黒いまつ毛が震え、大和が目を開く。起こしてしまったようだ。大和はすぐにアリソンを見つけ、ふわりと笑った。

「陛下……。お仕事は？」

「今日の仕事は終わった。いま帰ってきたところだ」

「お出迎えできなくてすみません」

「いや、いい。体調はどうだ？」

「すこし眠かっただけです」

「後ろは、どうだ？　痛みはないか？　腫れていないか？」

大和の白い頬がほんのりと赤くなる。

「大丈夫です……」

体の隅々まで見せ合って、体液でどろどろになるまで夜毎《よごと》行為にふけっているというのに、大和は恥じらいをなくさない。

愛しさが胸いっぱいに膨れ上がってきて、アリソンは思わずくちづけた。すぐに大和が応じてくれ、舌を絡めてくる。すっかりアリソンのやり方を覚えたようだ。

たっぷりとくちづけたあと、名残惜しく思いながら顔を離す。このままくちづけを続けていたら、もっと深いところで繋がりたくなってしまいそうだった。フロリオに叱られる。

「アリー……」

ところが、大和の方が腕を伸ばしてしがみついてきた。黒い瞳が潤んでいる。くちづけしたばかりの唇は赤く濡れていて、色っぽい。アリソンの顎に齧《かじ》り付いてくる大和は可愛かった。

「アリー、ねぇ……」

「ヤマト、無理はしないでおこう。大丈夫じゃないんだろう？」

「でも、俺、もう」

布団の中で、大和が下半身をもじもじと蠢かしている。どうやらくちづけだけで、勃ってしまったようだ。そのままでは辛いだろうと、アリソンは大和の寝間着をはだけさせ、股間に顔を埋めた。

「ああ、ああっ、アリー、きもち、いい、いいっ」

鳥のさえずりのような可愛らしい嬌声を聞きながら、アリソンは大和のそれを口腔で愛撫した。毎晩のように舐めてあげている性器だ。アリソンの舌に素直に感じて震え、やがて体液を迸らせた。舌で受け取め、嚥下《えんげ》する。はじめて飲んだとき、大和はびっくりしていた。アリソンも自分でやっておきながら驚いた。同性の体液を飲んだのは大和がはじめてだったが、特に抵抗はなかった。

薄い胸を喘がせて、大和がうっとりとアリソンを見つめてくる。抱きしめると、こんどは大和がアリソンの股間をまさぐってきた。大和の痴態を目の当たりにして無反応でいられるわけがない。アリソンの性器は高ぶっていた。

「お返しに、俺もします」

羞恥に頬を染めながら、こんどは大和がアリソンの股間に顔を埋めてくれる。何度か挑戦してくれて、そのたびにすこしずつ上手になっていた。

ぎこちない愛撫でも、その必死さと奉仕の気持ちが嬉しくて、とても感じる。大和の口に、アリソンの性器はいささか大きいようだ。いつも苦しそうだが、その表情もまた良いと思ってしまう。

いまはあまり苦しめたくなかったので、アリソンは早々と大和の口腔に放出した。おなじように飲み干してくれたあと、大和はアリソンの性器を隅々まで舌で清めてくれた。

「ありがとう」

抱き寄せて、くちづける。おたがいの体液が舌に苦かったが、それもまた愛だった。

飽くことなく、延々とくちづける。兆したら、またおたがいを愛撫する。際限がなかった。それが幸せだった。

痺れを切らしたフロリオが寝室の扉を叩くまで、アリソンと大和は愛の交歓に夢中になっていたのだった。

あとがき

こんにちは、またははじめまして、名倉和希《なくらわき》です。

リンクスロマンス「溺愛陛下《できあいへいか》と身代《みが》わり王子《おうじ》の初恋《はつこい》」をお手に取ってくださって、ありがとうございます。この本は、既刊「王《おう》と恋《こい》するふたつの月《つき》の夜《よる》」のリンク作ですが、世界がおなじというだけですので（隣の国です。共通点は白いもふもふだけです）こちらだけでも十分にお楽しみいただけると思います。

私はどうも最近「初恋」付いているようで、経験豊富だと思われていた男が、じつは「こんなの初めて！」とあたふたしている話ばかり書いています。ええ、楽しくてやめられません。今回もそうです。いやでも、ちょっと違うかな。

三行でまとめると——

出生の秘密を知ってから捻くれてしまったイケメン王様が、
異世界から召喚した男の子が思いのほか可愛くて、そばに置くうちに、「もしかしてこの子ってセラピードッグ？」と疑わせるような癒し効果を受け、
更生した。

という話ですね。

王様に溺愛されることになった大和も、いささか不憫な子だったので、こちらの世界で幸せになってもらいたいものです。

作中にはもう一組のカップルが登場します。美青年ウィルと美少年メリルという、麗しい王子様同士の二人です。ただこちらは、掘り下げるには今時の年齢制限に引っかかりそうな若さでございます。メリルが十六歳ですから。もうすこし育ってからの二人を、いつか事細かに書いてみたいですね。

前作「王と恋するふたつの月の夜」の舞台となったアンブローズ王国は隣国です。国交を回復したら、きっと王様同士が「うちの勇者の方が可愛い」と、おかしな張り合い方をしそうです。会わせてみたら面白いでしょうね。

イラストは北沢《きたざわ》きょう先生です。もう何度もお仕事をご一緒させていただいているのですが、毎度毎度、イラストのあまりの美しさに悶絶します。前作も、私の拙い描写力を補うに余りある、素晴らしい王様と勇者を描いてくださいました。今回も、お忙しいところを本当にありがとうございました。

さて、年末です。平成最後の年末。私はきっと、毎年恒例……のつもりはないのですが、バッタバタしていることでしょう。スケジュールを立てるとき、年末には余裕を持たせるのですが、なぜか十一月頃からバタバタしはじめ、十二月はバッタバタになります。いつになったら上手に自分をコントロールできるようになるのでしょう。死ぬまで無理ですかね。


ここまでお付き合いくださり、ありがとうございました。

今年はデビュー二十周年という特別な一年でした。いままで私に関わってくださった方々のことを思いつつ、執筆に精を出していました。（そのわりには記念の同人誌が出せなかったりしたのですが）この本で六十八冊目になります。ありがたいことです。煩悩の数だけ本が出せるように、これからも頑張って妄想を爆発させていきたいと思っています。

それではまた、どこかでお会いしましょう。

みなさま、良いお年を。

名倉和希

恋する花嫁候補《こいするはなよめこうほ》

名倉和希
イラスト：千川夏味

本体価格870円+税

両親を事故で亡くした十八歳の春己は、大学進学を諦めビル清掃の仕事に就いて懸命に生きていた。唯一の心の支えは、清掃に入る大会社のビルで時折見かける社長の波多野だった。住む世界が違うと分かりながらも、春己は紳士で誠実な彼に惹かれていく。そんなある日、世話になっている親戚夫妻から、ゲイだと公言しているという会社社長の花嫁候補に推薦される。恩返しになるならとその話を受けようとしていた春己だが、実はその相手が春己の想い人・波多野秀人だと分かり……!?

リンクスロマンス大好評発売中

無垢で傲慢な愛し方《むくでごうまんなあいしかた》

名倉和希
イラスト：壱也

本体価格870円+税

天使のような美貌を持つ、元華族という高貴な一族の御曹司・今泉清彦は、四年前、兄の友人であり大企業の副社長・長谷川克則に熱烈な告白をされた。出会いから六年もの間、十七も年下の自分にひたむきな愛情を捧げ続けてくれていたと知った清彦はその想いを受け入れ、晴れて相思相愛に。以来「大人になるまで手を出さない」という克則の誓約のもと、二人は清い関係を続けてきた。しかし、せっかく愛し合っているのに本当にまったく手を出してくれない恋人にしびれを切らした清彦は、二十歳の誕生日、あてつけのつもりでとある行動を起こし……!?